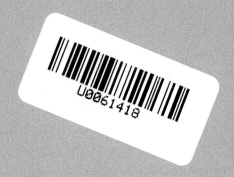

事實上，
我所熟悉的東西，
已經不復存在了。
——普魯斯特

"I have a horror of sunsets,
they're so romantic, so operatic."
—Marcel Proust

二版

消失物誌

Evanescence

中華書局

潘國靈

著・攝影

自序

這本書的第一篇文章，寫於二〇〇六年九月，記當時即將告別香港的銅鑼灣三越百貨公司，文章發表於《明報．世紀版》當時新闢的一個專欄中。當時向編輯黃靜建議專欄以「消失美學」為名，圖文書寫，每期我提供一照，配以短文，記一消失物事。照片佔專欄一角，看似配圖，但其實往往是生發文字之由來，我一方面把這當成是社會記錄，一方面又當成是一種練筆。由於方塊專欄短小，每篇五百字以下，寫的時候必須濃縮，我嘗試化詩的筆調於散文中，希望一篇篇文章累積下來，能成為一輯以「消失」為主題的散文詩。這想法最後只實現了一半，該專欄寫了六十多篇便停了（事實上，寫到後期我人在美國，要續寫也有點困難了）。但「消失」這母題一直叫我念念不忘，歲月悠悠，不時又添一筆，不時又補一篇，後來續上的文章有些是較長的散文，筆調有變，但主題則是連貫的。

體裁是一回事，主題在此特別需要講解一下。說是「消失」，如果是已然消失，我自然是無法以鏡頭捕捉的，那毋寧說是處於消失的狀態。這對我來說先出於一種美學的感受性。物事的消失往往不在一朝一夕，它有一個遞變的過程，有些消失會在城中奏起嗚亮的喪鐘聲，如三越百貨、天星碼頭，以至荔園等等；有的消失的過程相當漫長，以至在消失的過程中它自身的歷史已斷裂成幾段，如添馬艦、九龍寨城等；有的消失也是事先預告，但引起的聲音則未必稱得上巨大，如大磡村、皇后戲院、灣仔影藝戲院等。這些佔本書的部分，說來也有點像集體送葬、瞻仰遺容。不少物事寫時尚在，後來就徹底不見了。

而我更珍視的是一種不動聲色，細微的、隱性的，沒敲鑼響鈸，你多次路經它仍好端端，然後一次無意折返，它忽然便不在了，如上海街的漢宮理髮廳、油麻地的得如酒樓等。有些則來自自己的「奇想」，譬如說，千禧年市政局給殺了，那城中印着其徽號的垃圾桶又如何？譬如城中控煙法例生效，我想到多年來茶餐廳每張桌上皆放着的煙灰缸，某年某夜之後，一下子都往哪裏去了？（是的，有的消失如神奇魔法，如灰姑娘的子夜十二時，會一下子變貌的。）皇后碼頭清拆，它旁邊埋着煙灰坑的欄杆也會消失嗎？數年前某天，我在大學圖書館借書時，圖書館員說以後不再在書後的圖書卡上蓋印了，一下子勾起我一些回憶和惆悵。逛街市時首次看到街市燈由鎢絲燈泡變了慳電膽（是的，回到首次的時刻是重要的）。凡此種種，於日常生活中忽爾冒現或撲閃的消失召喚。

其實很多與其說是「想起」，不如說是「不期而遇」。這跟我喜歡在街頭閒逛，尤愛捕捉街頭即景的習慣有關。有些影像留下來，幾乎可用上英文「serendipity」這字。這字很難中譯，我且稱之為「偶然交感的光亮」。像一個拾荒者推着木頭車在一家舊式鞋店門前經過，彎腰撿拾紙皮時，背景的街牌寫着「快富街」。像路經小巴站看到小巴錢箱被集合起來時想到小時候「數錢罌」。街頭的擦身而過，不經構思，無可複製，而在乎剎那的捕捉。要說有心尋索或約定，在書中也不是沒有的，譬如專程拜訪極可能是「末代補煲佬」的吳源先生，隨他在街邊擺檔，又到他存放舊煲的唐樓暗角參觀。如大隱隱於市的民間藝術家傅鷺陽，到他屯門青衣家拜訪，在公園看他即席表演做麵粉公仔、編中國繩結、解連環套等。維他奶的相片（家中也藏有早期的維他奶樽）則來自拜訪維他奶總部廠房。那時還是會特意去找城中小故事作訪談的日子。

如是，書中的「消失」有着不同的歧義。首先，照其字面表意，當然包括舊日子的消逝之物。有些甚至早於我出生或只在童年時見過，如平安小姐、老鼠箱。但消逝之物偶有回返之時，如平安小姐重臨工展會，荔園以綵燈之姿重現於維園元宵，儘管已非物事原身，但也會勾起一點甚麼。有些回返則經過時空轉換，如在柬埔寨看到孩童玩高高的攀登架，在維也納看到街頭的磅重機，曾幾何時在我城中也有的東西，後來沒了，空間橫移卻幻化成了一條縱向的時光隧道。更多的消失之物則是「現在進行式」，寫的當兒，同步目睹物事或長或短地從有到無，物換星移，有時旁觀有時也投進相關事件之中，不忘以文字和影像記下。有些則沒有明確的消失邊界，譬如街頭的報紙檔、霓虹燈，現時也不能說絕跡街頭，但它們徐徐步進式微之中則是可感的。另外也包含消失的本質。如書中提到的竹棚，在城中隨處可見表面看來未必能歸入「消失」之列，但想想背後的工藝傳授，早由昔日的師徒制改為專業化的考牌制，物事表面仍在，但箇中一些精神卻消失了。此外，就本質而言，所有的棚架都必然是一個臨時的工作台，發揮完作用便遭清拆。此書的「消失」，若干指涉物事的「過渡狀態」本質，或者更形而上說，「消失」本就存在於生命的本相之中。就此而言，原先寫就的還有落葉、落日、維納斯斷臂等，但在編纂時主要以城市性或社會性為主，便把這些條目刪去了。最後一種歧義則並非消失不在，而是物事處於社會邊緣位置，被視而不見或習慣化了，如拾荒者、三文治人、在街邊賣小吃的小販等。消失以不同的角度理解、不同的距離觀照，意義便不盡相同（以至意義本身也可能隨時日消失）。

這書一些圖片先於文字存在，一些則並時而生，如圖片是當下一瞬的記錄，文字亦然，每篇文章記城中物事消失靈光乍現於眼前、傳送到筆尖的時刻，成書時容或作了點修改，但基本上保持原貌，無意於以當下（二〇一七年）為座標更新重寫，因為重寫便不可能是那一刻的心情，變成了另一回事。另要補一筆的是，「消失」不時與「懷舊」聯想一起，誠然，過去的維度是有的，懷想的情緒也是有的，但我不以為懷想便必然是浪漫化的「懷戀」，該當背上美化過去、不面對現狀的罪名。消失也不囿於掌故式的「舊物」之中，它其實亦存在於時尚、新興、當下的事物中，譬如書中也寫到便利店、連鎖品牌名字、多年來不知不覺在麥當勞消失不見的微物和質感等。

文首說到「消失美學」的緣起，此書最早一篇開筆於二〇〇六年九月，最後一篇則擱筆於二〇一七年六月，前後竟是十年有多。當然，期間自有很多停頓，心思也不全在此書中，但某程度上，「消失」這母題也連貫於我近十年書寫的兩本作品中，一是去年出版的長篇小說《寫托邦與消失咒》，一是這本在你手上的圖文集《消失物誌》。二書體裁完全不同，我無意強加甚麼「姊妹篇」之名給它們，但如果一個文學作者不斷在建構屬於自己的世界的話，這兩個作品也有其同質異構，互為毗鄰呼應。歲月悠悠，但消失的步伐匆匆，是以這書的出現，我同時感覺着一種遲緩而又追逐時光之感。其實一旦寫及「消失」，便無所謂「完成」，以上說到「最後一篇」，也不過是覺得可以暫告一段落，於自己某一個寫作歷程和探索而言，給一篇樂章畫上一個休止符。某程度上，消失的書寫必然是一本「悼亡書」，而悼亡是無盡期的。消失的對象未可窮盡，過去的碎片殞落堆成一個歷史廢墟，不斷積高根本亦是無盡頭的。但有誰能說這過去的景象不就是眼目所見的當下？驚心動魄而又見怪不怪。作為創作者我只有手上的筆和鏡頭，未必能做到甚麼，但我始終惦念小說家米蘭・昆德拉對描繪（description）的扼要定義：「對曇花一現的悲憫，努力保存終會消失滅絕的東西。」這終究是一本描繪之書。

潘國靈

二〇一七年六月二十九日

目錄

三 · 老地方

四 · 影像

五 · 舊行業

六 · 吃

七 · 看不見的人

八 · 一點質感

一

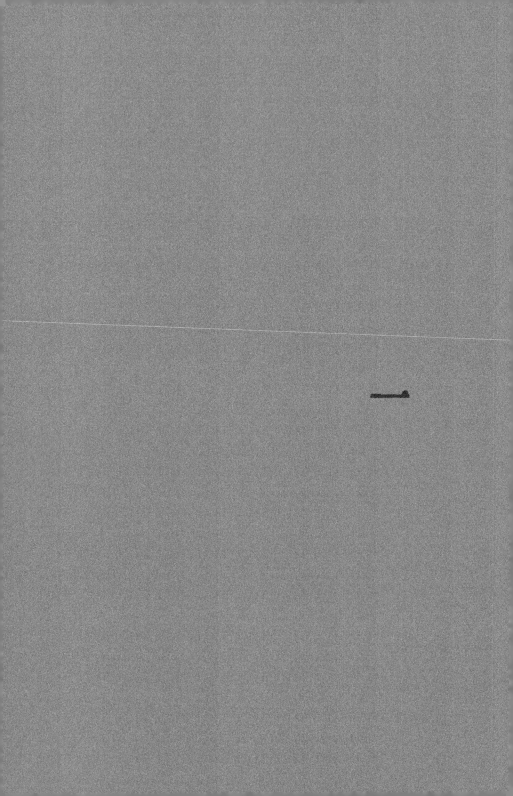

小東西

老鼠箱

「電燈柱掛老鼠箱。」你大抵明白這句話的意思。但作為生活經驗，還是作為頭腦想像，前與後，切開了兩個年代（至於我，我會說，我介乎，依稀有點記憶，但又好像不曾見過）。

老鼠箱曾是城中的必備硬件。那個年頭，老鼠在尋常百姓家中自出自入。慘被殲滅，屍體處理是一回棘手的事，火燒或水淹之外，政府給你一個安排：棄屍於老鼠箱中。

殲滅的方法，夾死、毒死，還有被貓咬死。貓兒是老鼠剋星，生活像一局鬥獸棋。家貓不一定是寵物，寵物是為中產而設的觀念。後來，貓吃貓糧，不吃老鼠。甚至某些老鼠也成了寵物，有一個專給牠們做運動的玩具叫老鼠滑輪。

這個城市曾經歷過，老鼠統治人類的年月（小孩子，我說的不是米奇老鼠）。聽說老鼠可以大過貓兒，或許足以堵塞坑渠。那是久遠的事。母親極怕老鼠，想起來，原來是有歷史因由的。

當你想到老鼠箱在城市中悄然消失，你應該感到安慰，這個城市，有些東西，畢竟還是變好了。

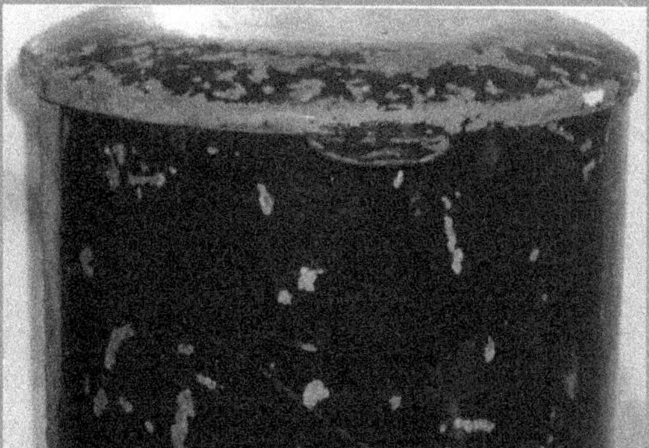
RAT BIN
老鼠箱

焚化爐

沒有人會為它的清拆惋惜，這個我準知道。煙囪與屠房，不是好東西，有誰稀罕。只是沾上成長記憶，又自不同。

三支煙囪好像自有永有，從降生那天開始，日對夜對，直至十五歲。第七任港督堅尼地留下了兩個「後代」，一是堅尼地城，一是堅尼地道，貧富有別，錯認不了。怎麼焚化爐、屠房、公眾殮房、曾幾何時的牛痘局全都擠在小小的堅尼地城？小時候不懂得問。不知道便覺得正常。

氣味蝕入空氣，吸入心肺。焚燒垃圾時，有塑膠的燒焦味飄至。有時嗅到動物屍體的腐臭，那準是從屠房傳來的，媽媽說，牛隻被宰前會流眼淚，我沒見過，但我相信。牠們在刑場上垂死掙扎的嘶喊，卻彷彿鑽進耳裏。

煙囪噴出黑煙，那時還未聽過二噁英。「Incinerator」這英文字，卻早在中一課本中學會。招商局碼頭的海水藍，映襯着成長的灰藍。無敵海景加送三支煙囪，二長一短，好像一炷香，其中一枝燒得特別快。還好，海景那時還未是有錢人專利，我不擁有它，它也不擁有我。

牛隻投胎轉世，煙囪早已停用。有建築師說，可以把這地方改建為環保博物館，這主意聽來不錯。也燒得太久了，焚化爐終讓位予西區地鐵工程。讓它去吧。只是，「藍天行動」還是非常遙遠，沒了三支煙囪，將有更多遮擋視線的高樓，看在眼中，更是可惡的。

垃圾池

垃圾，配上不同的空間單位，會出現不同的東西，如垃圾箱、垃圾袋、垃圾劏、垃圾車、垃圾池、垃圾場、垃圾山、垃圾村……（電腦桌面的「資源回收筒」算不算？）

糞土中長出花朵。垃圾池，曾經是我的「兒童樂園」。瞞着父母，我偷偷地溜進去；相信我，好奇心足以戰勝惡臭，起碼一陣子。

白瓷磚、灰白石屎泥，典型公務員宿舍風格——冷硬、極簡、功能主義。（誰又會花心思為垃圾池裝飾？）我閉着氣，忍受着家居垃圾獨有的餿味，從垃圾堆中尋找玩具，沒有意識地，比政府更有誠意兼更早地進行「垃圾分類」。完好的、殘缺的，昨天的恩物，今天的棄兒，歡樂與垃圾的距離，原來那麼接近。

最平常的東西，看真其實也有內涵。看看那牆身上的文字，每個方塊文字上，筆劃連接間佈滿裂縫，那是典型的 stencil 文字，以一個模板雕通文字，按在牆上，髹上黑油，拿開模板，就成公眾啟事了。這種模板技術，乃最原始的複製印刷術，歷史悠久，可追溯至公元前，世上第一本以 stencil 印刷的書，據說是聖經。想想小時候，你用來寫大楷小楷英文字、數目字的那款「英文字母間尺」，就是這般原理了。這款間尺，現在文具店也少賣了。

童年的消逝，大概始於垃圾池探險之旅的終結之時。垃圾給打回原形，垃圾之外，只是垃圾。

請勿將傢俬什物放置在
此空地上，
請搬放在C座地下入口
處。

垃圾桶

垃圾桶不是垃圾。

可當垃圾桶不再盛載垃圾時，它自身也淪為垃圾。

還記得那些黃色大口垃圾桶嗎？上面的區域市政局標誌，可有令你想起市政局？是的，垃圾桶也有時代更替。市政局被殺，垃圾桶被丟進垃圾場，命運一線牽，以千禧作壽限，這些，你可還記得？

幾許物事隨政權移交改變，如錢幣、皇冠、郵筒、巴士、制服，還有你不大會記起的，垃圾桶。

垃圾桶不會在博物館展示，尿兜無望於香港成為藝術品。

垃圾桶的改朝換代，不僅關乎市容、衛生（那大口子也確實有欠衛生），還與政治相干。塵歸塵，土歸土，「從此回歸你所屬之地——歷史的垃圾桶」。

黃色退役，城中的垃圾桶後來換了深綠色、紫藍色，再後來，改成刺眼的鮮橙色。不僅顏色，形狀、質料也不同了，方扁形變了圓滾狀，木質厚身則由金屬薄殼取代。它的頭蓋也變了——室內無香煙，路邊垃圾桶頭蓋成了上班族「打邊爐」（俗稱「煲煙」）的地方；另一些如在公園、巴士站的，則全給「滅頂」，支支煙屁股直立如集體葬送的壯麗場面，無可復見。

煙灰缸

煙民曾經是「大晒」的。電梯內有熄煙盤、欄杆上有煙灰坑，如果你是女生，不忘告訴你，有些男廁，連尿兜上也有煙灰缸。很難想像吧，一邊撒尿一邊吸煙，排放水分亦吐出煙霧，不過那麼短短一刻，也難以放手。

那圖中欄杆上的煙灰坑在哪裏？不就是已成幽靈的皇后碼頭囉。面對維港，一邊抽煙一邊沉思，讓海風吹散煙圈也吹醒打結的腦袋，未嘗不是樂事。室外全面禁煙後，欄杆上的煙灰坑有沒有即時被填埋？我沒有去查看，也許連欄杆也都更換了。

煙民曾經是「大晒」的。城中每一個垃圾桶的頭頂，都曾是煙蒂的花盆，煙屁股或直立或倒臥，有時煙絲還未燒盡，在垃圾桶頭頂冒出白煙，途人經過看見了，只覺平常，聳聳肩，又走過了。

茶餐廳也曾是煙民聖地。每張桌上都必定放一個煙灰缸。我曾經好奇地想，踏進二〇〇七年一月一日，為數相當的煙灰缸一下子不翼而飛，都往哪裏去了？是否給侍應或熟客拿回家，一人一個當紀念品？如果把所有茶餐廳的煙灰缸堆起來，可以填滿多少個大球場？沒有人算計過，我只是胡亂猜想罷了。

精品店曾經有煙灰缸出售。我也曾想，控煙條例實施後，煙灰缸銷售額有沒有大跌。當然，這也只是我的好奇，有些問題不一定要答案，就讓它化作煙灰吧。

火柴盒

有甚麼日用品後來成為收藏品甚至拍賣品的？我想到火柴盒。舊時日子，用的是火水爐、點的是老油燈，火柴自是必需品。還有灶君、地主、關帝三個神龕，每日各燒一炷香，刮掉三根火柴。停電時，拿火柴點蠟燭，如今的孩子有沒有經歷過？當然還有點煙，香煙盒與火柴盒曾經成雙成對，點一根煙，耗一根火柴，你的燃亮，成就我的毀滅。

火柴盒是神奇的東西。小小面積上，人們設計出千奇百怪的圖案。酒店、酒樓、會所、煙草公司等，各自製造自家品牌的火柴盒，小小盒子就是一個廣告包裝。酒店的信紙你可以不拿，火柴盒可是必取，證明自己曾經到此一宿。

你更熟悉的，或者是民間的火柴盒。有一點年紀的，必然記得雙喜牌安全火柴，可以單盒買，也有十盒裝、百盒裝，證明需求甚殷——曾幾何時。說是安全火柴，其實卻十分脆弱，擦在火柴盒邊上，未燃起火，常常先折斷了好幾根。

不會斷的，是畫紙上的火柴枝公仔。又或者在故事中。希臘神話中，普羅米修斯給人類盜火，用的是一根茴香稈，這是人類最早的一根火柴嗎？安徒生的〈賣火柴的女孩〉，你看過沒有？為了取暖，為了留住祖母，女孩擦掉了身上所有的火柴。一個異常悲哀的童話故事，不點火柴的孩子不知。

DOUBLE HAPPINESS
安全
火柴
DOUBLE HAPPINESS

光亮蠟燭

雙喜牌火柴外，還有雙喜牌蠟燭。火柴叫安全火柴，蠟燭叫光亮蠟燭。一盒二十四枝裝，標明四安士，重量攸關，一滴蠟就是一滴蠟。盒邊上還寫上「優等質量，炎熱天氣，不會溶化」。是的，有貨為例，我手上那盒雙喜牌蠟燭，十幾年一直安好如昔，跟我搬了不知多少次家。

那些紅色幼身蠟燭，最愛在中秋節中集體照亮。點燈籠外，有孩子還拿來「煲蠟」，每年中秋節後，沙灘、公園就有很多紅色蠟跡，麻煩清潔工人刮掉。如今，小孩子玩的燈籠都是電亮的，或是可厭的熒光棒，非常安全，當然也不會「掉淚」（蠟淚）了。

以往，家家戶戶都會儲備蠟燭，方便一旦停電時用，那是大枝大枝的白身蠟燭。那個年頭，電力尚未穩定，突然停電，年中一家人會吃幾頓意外的「燭光晚餐」。

對今天的小孩子來說，「蠟炬成灰淚始乾」，跟「油盡燈枯」，可能一樣難以理解了。現在，較常見的是比紅色蠟燭還更幼身的扭紋蠟燭，專插在生日蛋糕上，不過剛剛點亮，壽星閉目許願，睜開眼，呼的一聲，就吹熄了。幾乎完好的蠟燭瞬間即遭棄掉。沒機會蠟盡，除非你願望奇多。

蠟燭不用了，它可是深入語言中，如秉燭夜讀，中英都有這個說法。香港人超時工作，過分疲累，俗語說：「條橡筋搣得好抿。」英文用的道具比喻則是蠟燭：「Burn the candle at both ends.」蠟燭兩頭燒，好快玩完，但寧願燦爛不求長久，也是一種淒美。

雙喜牌
囍
24枚
4安士
光亮
蠟燭
中國製造

竹

竹，曾經是城中主角，梗有一枝喺左近。

拆拆建建的竹棚固然多的是，單是建築棚架，就有不同種類，如懸空棚、吊棚、山棚、排棚等等。竹棚何止做建築用，廣告油漆、招牌拆建、安裝食水喉、搭建臨時表演場地等，甚至舊時死人在家中出殯，都要用到它。殯葬是它，喜慶是它，傳統慶典中，少不了搭建牌樓。

竹，化入生活中至無色無形。把麻將檯當成戰場，「大戰四方城」外，我們又叫「竹戰」，彷彿武林聚會般，只是不用吊威也。在舊式賭館中，一條幼細扁竹，是扒攤必用的道具。邪門有它，正氣有它，尋常百姓家中，陽台騎樓必有晾衣用的衣裳竹，到如今，則只叫人想到昔日的叫賣市聲，俱往矣。

歌仔，五十年代有唱得街知巷聞的〈一枝竹仔〉：「一枝竹會易折彎，幾枝竹一紮斷折難，孤掌莫恃倚，團結方可免禍患。」可視為最早版本的〈獅子山下〉。竹子有情，誰個與你青梅竹馬？及至地方，我們有黃竹坑和竹篙灣。

竹，可以富貴，如竹門對竹門；可以平民，由涼茶——竹蔗茅根精，到酒精——「你精我都精，飲杯竹葉青」，可還記得？竹也可以只是一則比喻，如有「中空內直，節節上升」氣節的中銀大廈，實則是鋼筋水泥與玻璃。

竹，也可以是美食寶物，於熊貓而言。九七之後，香港多了安安、佳佳、樂樂、盈盈，夠開「竹戰」，但要湊成特區版的「竹林七賢」，還要多生三隻。

棚架

某年五一勞動節，望出窗外，赫然看到建築工人在棚架上勞動。勞動節未必是想當然的紅色假期，他們繼續在棚架——他們的臨時工作平台上，滾動辛勞的汗珠。

工會你聽得多，可有聽過一個叫「港九搭棚同敬工會」？是的，搭棚業在香港曾盛極一時，搭棚師傅薪金一度高過醫生、工程師，是建築界的天之驕子。「就業不足」？想都沒有想過。未料後來身價暴跌，如水銀瀉地，時也命也。

但很多東西，不可以金錢量計。搭棚怎樣說，都是一門值得敬重的傳統手工藝，充分表現甚麼叫「簡單就是美」。工人以最原始的竹枝，捆之以竹篾，「多、快、好、省」，二三百呎的棚台，眨眼間就架起來了。

最尋常的東西，未嘗不是魔術。神乎奇技，靠的就是搭棚師傅的一雙手，輔之以鐮刀——「白手興家」，原來可作如是解。不過，也不一定是興建，也可以是維修、拆樓。一個棚架，興建是它，拆毀是它，不妨把它看作一個臨時工作舞台，架在半空中。

當然，時代不同了。二三百呎棚架，今時今日，對摩天大樓而言，小矮人而已。而技藝的傳承，昔日的師徒制亦早已報廢。制度化是專業社會的必然產物。「港九搭棚同敬工會」這名字，如今聽起來，畢竟有點老式但可貴——港九早融為一體，而「同敬」，也非大集團資本主義的工作倫理，跟棚架一樣，終究是要給清拆的。

借書卡

「以後我們不蓋印了。」

最近在舊校大學借書，在櫃枱辦理借書手續時，圖書館職員告訴我：「以後我們不蓋印了。還書日請留意電子紀錄就行了。」也就是說，書末那張借書卡、借書卡上蓋着的還書日期，都將成為絕響。一時之間，我感到一點若有所失。

無法不想起岩井俊二的《情書》。如果你看過電影，還記得那一男一女同名同姓的藤井樹，在讀國中選班幹部時，給同學戲弄，雙雙給選了當校內的圖書館員嗎？那時候，借書卡不僅有日期，還要填上借書人的名字、學號等資料。男藤井樹故意找來圖書館沒人借的書，遞給坐在圖書館櫃檯當值的女藤井樹；每借一次，借書卡上又多了一個「藤井樹」的名字，如無傷大雅的惡作劇般。但誰知玩意裏頭沒有暗生之情愫？男藤井樹最後一次見女藤井樹，就是託她歸還過期未還的《追憶逝水年華》，然後他轉校失蹤了。多年後一班學妹找上女藤井樹的門，給她遞來圖書館裏的《追憶逝水年華》一書，借書卡上有她／他的名字，翻到背面，原來是男藤井樹當年不動聲息地畫下的一幅女藤井樹側面鉛筆素描。借書卡在電影中，原來才是最矜貴的一紙「情書」。

All books on loan are subject
to recall after two weeks
DATE DUE
21 NOV 2011
BU - 3 MAR 2012

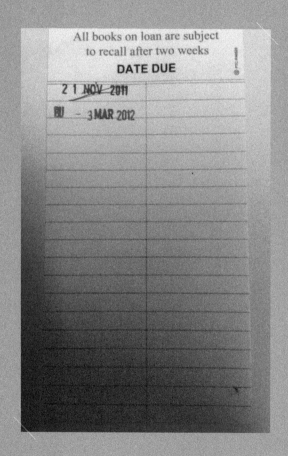

圖書印

把「借書卡」拍進電影並賦之予靈魂的，《情書》是打動人心的。我沒料到的是，多年後，普普通通的一張借書卡，因為知道從此不會再多添一個日期，竟也成了勾起我「非自願記憶」(involuntary memory) 的小物件。在久違的中學歲月，我也曾當過學校圖書館員，那個圖書館於中學來說規模也不小；男同學當風紀的大多在走廊巡邏維持秩序，我則在圖書館當值，把歸還的圖書放回架上，或在櫃檯給借書的同學蓋上一個個日期印記。懵懵懂懂之間，也嚐到一片書香，算是種了一份書緣。

其實借書卡上的還書日期，一旦蓋上，就不僅是一個給借書人的「溫馨提示」。它成了那書的生命記錄，獨獨於圖書館才有的；同一種書，在不同圖書館，「生命記錄」有別，就變得獨一無二。某本書乏人問津（不一定不好），借書卡會告訴你，有些甚至從來沒蓋上日期，當你成為借閱此書的第一人時，你會知道。某本書深受歡迎，借書卡疊上一張又一張，剛好在你借書的時候，蓋印的空位填滿了，圖書館員說等等，給你插上或糊上新的一張。如此點滴，都成了「借書儀式」一部分，細微但不能不說是窩心的。有時也會打量一下借書卡上日期的間隔——咦，這本書，一次借閱與下一次借閱之間，原來事隔好幾年，它在書架上等有緣人來取走借閱，也待了一段光陰。後來自己竟也寫起書來，偶爾在圖書館中碰到自己的書，翻到借書卡上看看別人給它留下的印記時，又是另一種感覺。

現在，這些都徐徐畫上句號了。某一個日期成為借書卡上最後的日期，它遭突然停格，之後某書的借閱歷史，只記在電腦系統中，不再為公眾讀者所知。《情書》的過去成為雙重的過去。當借書卡全面作廢，它的記錄停止生長，自然也不再盛載故事。

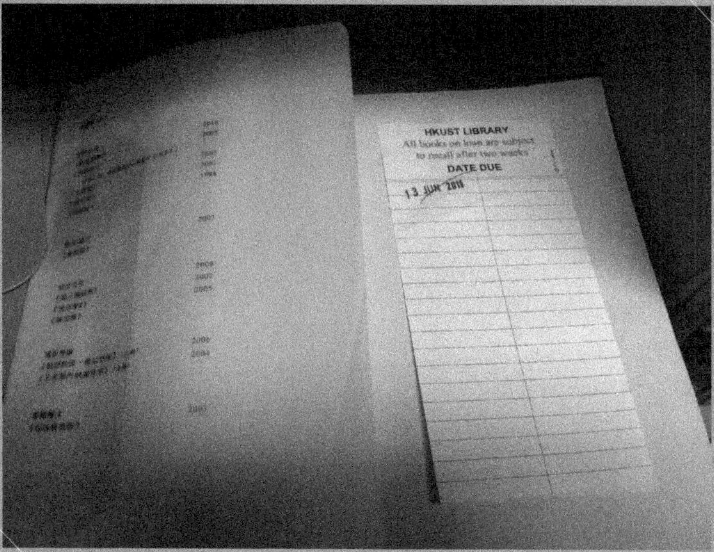
HKUST LIBRARY
All books on loan are subject
to recall after two weeks
DATE DUE
13 JUN 2016

舊報紙
（飲食篇）

舊報紙在昔日社會用途多的是。到街市買餸，在膠袋還未泛濫的年代，一張報紙包裹食物，就是最天然的包裝了。乾貨固然用，雜貨舖大量使用舊報紙，小包如豆豉、糖粉，都用舊報紙盛載；大包如鹽或砂糖，昔日以斤裝售賣，盛在以報紙摺成的金字塔形包裝中，拿水草紮好，就遞給街坊。

那濕貨呢？濕貨亦照用如儀，豬肉佬賣豬肉，賣魚佬賣魚，都用一塊舊報紙包起來，紮之以一根水草，乾淨俐落，十分穩陣。西西小說〈阿髮的店〉中有一個會做冰雕的賣魚人，其中一段寫到濕街市賣魚的情景，就有鮮活的描述：「不再游泳的魚都側着身子臥在魚攤上，在它們的旁邊，有碎了的冰塊，因此，整個魚攤子就是一片銀閃閃的了。來買魚的人，會把魚提起來看，翻開它們的鰓，按它們的肚皮，又看它們的眼睛；有的人把魚拿到鼻子前面嗅嗅，彷彿那條魚是一朵香白蘭。選好了的魚，你都一一秤過，以狼齒的刨刮去魚面的鱗，用刀剖去廢棄的部分。然後，你用報紙把魚裹起來，在外面紮上一條水草。」久違的記憶被文字召喚，原來報紙和水草，曾是最佳拍檔。

在街市買餸，聽說昔日連賣豆腐都曾用報紙包裹，報紙的油墨印在豆腐上，也可說是「加料」呢。其他如街邊小販賣零食、熟食如豬腸粉、芽菜炒麵，都一律用報紙包裹。用報紙摺東西確可摺出不同形狀來，有說賣瓜子和花生的小販，更會把報紙剪裁糊貼製成小紙袋，方便食客進食又成自家包裝，昔日街頭的民間智慧，可見一斑。

不僅如此，有說蔬菜放在冰箱，用報紙包裹，比用透明膠袋包裹更能保鮮。這心得現在多少人仍曉得，不得而知，倒是曾入住禮賓府的前特首曾蔭權伉儷，依其管工家傭透露，仍保持這種習慣，果然是非常地道的「香港仔」。

一餐飯由到街市買，到放在冰箱冷藏，到煮成熟飯一家人吃，都少不了舊報紙。昔日桌布還沒那麼流行時，很多家庭愛用報紙「墊檯」，一餐吃罷，報紙上盛了許多骨頭殘渣，把攤開的報紙一個打包，丟進垃圾桶，乾手淨腳，就即時清潔好了。

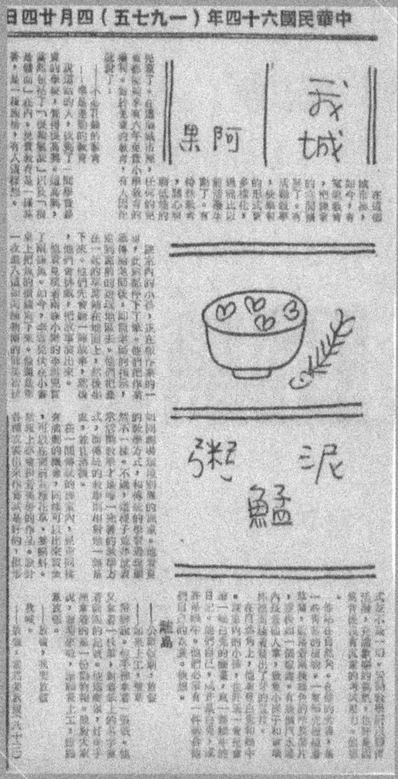

舊報紙
（家居篇）

西西的〈春望〉有一處提到用報紙抹窗，這個小時候幫母親做家務我倒試過，效果奇佳。只要把報紙糊濕，攤平在玻璃窗上抹動，濕報紙會把玻璃「啜」得很緊，甚麼玻璃清潔液都不需要。用濕報紙抹窗抹得特別乾淨，我不明箇中道理，現在想起家事百科專家曾Sir，卻沒得問了。不僅主婦抹窗，油漆工給牆壁刨底、批灰、上色時，都愛用報紙摺成一頂帽子，戴在頭上作暫時「頭盔」。

隔了夜的報紙沒價值，也不盡然。在互聯網還沒流行前，很多好學之士在報紙上看到有趣文章，都會剪下來收藏，假以時日累積成一本本報紙剪貼簿，在報紙水平還不賴的年代，也成不錯的自學材料。我家中藏有一兩本，專貼方塊專欄文章的，早已發黃了。貼在簿子之外，舊時人家，有的還把舊報紙當成壁紙般貼在牆上，如後來年輕人在牆上貼海報、明星照般，用以粉飾牆壁，成為一種特別的「牆紙」，環保而又便宜。這個我沒經歷過，只在三十年代的上海經典電影《十字街頭》、《馬路天使》中見過，貼在陋室牆壁上的報紙不僅成了家居裝飾，還在電影中起了情節和時代氛圍的鋪陳。

舊報紙的故事，想着寫着原來有不少，只是都封塵了、褪色了，來到今天，也許只徒剩回收的價值。免費報紙天天派發，在地鐵站等候的婆婆很多，不為閱讀，只為拿去回收站，灑上一點水，多賺一毫兩角。也有更多未及回收，去了堆填區；免費報紙在這城市這麼發達，假以時日，或者可以墊起十個八個堆填島，將堆填島變成另一座日出康城，或者日落巴黎，將剩餘價值發揮到盡頭。

Please do not make the glass broken when you are Packing your cargo. Thanks!
小心中毒

大字報

失物認領：大字報上的字。

尋人啟事：尋找寫大字報的人。

大字報上無文字，民主牆上，民主不生。

天氣放晴，大學生跟城中馬匹一樣，都在抖暑了。

學生並沒有人間蒸發（「被」集體消失），只是都上面書或微信去了（後者近年本地大學生使用率持續攀升）。

往好的方面想（自我安慰），沒有新聞即好新聞。

世界太和平，大學太美好，無可投訴，無可奉告。

是這樣嗎？

0 like, 0 dislike.

大字報牆 Big Character Poster Wall

小巴錢箱

自城市八爪魚卡無所不達後我的食量便日益減少了。其實我的胃囊還是一樣的大，只是很難再有飽餐了。每日把我解放下來與其他同類糾集一起的小巴司機，也一定發現我們的肚子愈來愈空空如也了。「嘟」的電子聲響取代了錢幣滾進我肚兜內時發出的呯楞哐啷。但市面一天仍有碎銀神沙一天我們還是不會完全退役。仍有公公婆婆不愛八爪魚卡他們上車喜歡給我們餵吃食糧。偶爾上車時「嘟」的一聲比較高尖顯示八爪魚卡數額不足上車的男或女急忙翻找錢包給我投以鏗鏘，小巴不設找贖有時我反而因此多吃了一點甜食零頭。因為這緣故我想小巴公司還是有多留我一會的額外理由吧。而且小巴司機把我們齊集時從我們身軀掏出銀幣數算時，我想這每天的例行公事間或喚起他們小時候「數錢罌」的記憶——儘管鐵箱不是「豬仔錢罌」，而錢箱的錢也不盡落入他們的口袋，但一塊一塊數着的時候，應還是有一份難得的實在，久違了。

92小巴

磅重機

體重與運程有關嗎？有的，曾幾何時。

可還記得昔日街頭，偶爾會與磅重機不期而遇，那時，你還是一個孩子吧，父母也許想逗你歡樂也許想看看你又長大了多少，給磅重機餵入一枚硬幣，你踏在磅重機的秤台上，握着扶手略微抬頭，眼珠滾滾看着機身玻璃窗內輪子在黃燈閃動下快速轉動，踢躂一聲，磅重機肚腹吐出一張小卡，上面記錄了你的體重，還附帶運程預測。多年後，你在美國唐人街餐館吃飯結賬時，侍應會送上一個fortune cookie，你解開餅內藏着的運程紙條（其實更像人生金句），某些刹那，你回想起小時候也加送運程的街頭磅重機，一物不同一物，但食物與體重也是相連的。

後來，這些磅重機在街頭漸次消失，你最後一次在此城見到已是十多年前，在油麻地的得如酒樓，酒樓大堂內，放置着磅重機與幾架坐騎玩具，曾幾何時一家大小上茶樓的孩童恩物，今天冷冷清清擺放着如時代年輪的文物般。後來，連這家老酒樓也不見了。

後來，你一趟到維也納旅行，常見金色磅子於街頭站立，好奇於今夕是何年，今時今日，還有甚麼人需要用到它們？或者對於維也納這個古雅之都，金色磅子就是街頭的古董裝置，「無用之物」在這城市還是有位置的；磅子不再磅重但見證着時代變遷，遊人來回復返或僅此一遊，其中有你。臨別時你想到如果擔心行李過重，或者可以在街頭給行李磅重。一個城市消失之物，在另一個城市復現，未嘗不是一種時空轉移。

得如酒樓

公眾電話

所謂街坊鄰里互助精神，昔日可見於士多辦館將自家電話借給街坊以解一時之急，有的還將電話放於店舖門前，印象中多是重甸甸黑色撥輪的那種，如此慷慨不計較，當然也多得固網電話乃按月收費，多少通話都是一條數。

後來士多辦館在城中逐漸減少，很多電話也不外借了，便利店門前的公眾電話取而代之，當然不是免費的。在沒有手機或手機還處於「大哥大」日子之時，公眾電話需求甚殷，隨街可見電話亭，像尖沙咀天星小輪碼頭星光行前那排電話亭，就特別印象深刻。使用公眾電話，遇着身無硬幣或硬幣不足，張羅起來也甚狼狽；公眾電話亭外站着一條隊等候的場面也不鮮見。遇着佔着電話的人「傾唔斷氣」，公眾電話當私家用，你也只能在電話亭外敲敲玻璃加點壓力。因為等電話的時間耽誤而釀成悲劇，喜歡玩機緣的電影導演自不會錯過，杜魯福《柔膚》結局就是這樣搞出人命的，生命名副其實只差一線。現實當然沒那麼戲劇性。

電話亭是尋常物但也可以很哲學。卡繆就借電話亭來論說存在，人與人之間不是隔着一堵牆而是隔着一個電話亭，隔着玻璃隔板你看到電話亭中人的姿態動作但聽不見他說甚麼，視野穿透但意義卻是阻隔的。我們每人其實都裝在自己的玻璃隔板內，一層薄薄的透明帷幕，一個不斷說話但消音的世界，不意識時一切正常，一旦意識荒謬感卻又揮之不去。

電話亭是尋常物但也可以很科幻。還記得沃卓斯基姊妹導演的《廿二世紀殺人網絡》（*The Matrix*），主角 Neo（奇洛李維斯飾）是如何逃脫現實世界中無所不包的「矩陣」嗎？如果封密世界尚存缺口，電影中那道缺口就在路邊電話亭，Neo常常在千鈞一髮間鑽進電話亭，由此逃離被瞞騙的現實世界。隔了十數年，曾幾何時城中滿佈的電話亭買少見少，未來電影回看因此意外地添了點復古（retro-chic）味道，說來這並非單一例子。

隨着手機大行其道，以上種種，親身經歷的、來自書本的、電影的、想像的，都成了消逝的風景。公眾電話、電話亭不至完全消失，卻肯定已成歷史剩餘物了。

唐樓的樓梯

有唐樓，便有樓梯的故事。在唐樓樓梯，你有時可以看到白鴿的影子（簷篷買少見少，而高樓不是鴿子棲身的好地方），有時可以看到塗鴉的美術。只是一些小東西，忽然就有了生氣。

商住兩用的唐樓，樓梯又成了樓上舖「據為己用」的廣告牆。最有香港特色的當然是二樓書店，一張張書封面張貼在樓梯兩邊，吸引來者注視。此外，樓梯位置也曾是舊式瓷相的「展覽場」，照相館就在閣樓處。

當然還有廟街一帶，坐着「街燔」的樓梯。金燕玲在《半支煙》中，每次出現就在這個場景，她蹲在樓梯口，手持香煙，苦苦思索誰是孩子（謝霆鋒）的父親。

隔不遠處的朗豪坊，有一道長長的「通天梯」，通天梯通向巨型天幕，上有藍天，可以播放星星和雪花，置身其中，人有直上雲霄之感；科技製造的虛幻，變成「後現代」的另一種聲光化電。

我想起一個保險公司廣告，用的就是樓梯這場景——小時候父親握着孩子的小手上樓梯，到孩子長大成人，角色倒轉，兒子扶着持枴杖的老父上樓。只是有誰相信呢，那分明是一幢「豪宅」，怎可能不乘高速電梯？

樓梯的故事，其實，已靜悄悄作結。

CODE

239

86
POST OFFICE

H.K.
W.S.

A 5
1F
A 5
2F
A 5
3F
A 4
1F
A 4
2F
A 4
3F
A 4
4F
A 4
5F
A 3
1F
A 3
2F
A 3
3F
A 2
1F
A 2
2F
A 1
1F
A 1
2F

LED

11

小玩意

塑膠劍仔

戈、矛、槍、棒、斧、鐮、鉤、叉、刀、槍、劍、戟、鐧……一個透明小膠袋，十八般武器全在這裏。這曾經是不止一代孩童的恩物，其中有我。學校附近總有販子兜售，幾塊錢便有一包。儲好軍備，小息時就可大戰一番。

這是一個袖珍世界，兵器譜的「世界之窗」。真正的兵器有很多板斧：砍、斫、劈、割、挑、刺、拋、射、鉤、扯、壓、擲……玩這小人國遊戲（二人至多人），卻只需動用一根小指頭——你推一下，我撥一把，兵器輕輕被對方疊着，叫「傷」；若整把被交叉壓個正着，叫「死」。死的結果是，兵器歸勝者所有。

當然也有人出茅招。「茅招」者，偷偷把兵器拗彎，好像運動員吃了類固醇，威力突然倍增。不過，「茅躉王」總不會受人歡迎。及至長大，你才知道，這些「茅招」，在成人世界，只屬小兒科。

天生強弱，則與人無尤，像扁扁的斧頭刀柄，明是死穴；那珠鏈狀的鐧，劍身粗厚，屬劍中之聖，是名副其實的「殺手鐧」。強弱之外，神奇的還有顏色，紅、橙、黃、綠、粉紅、藍、透明等等，活脫脫一個繽紛世界。

孩子還喜歡把兵器與武俠小說結合，劍叫「倚天劍」，刀叫「屠龍刀」。而「鉤」，後來才知，原來是所有東西的結局，叫「離別鉤」。

旋轉木馬

你不用害怕，木馬體內沒有士兵，也沒有病毒。旋轉木馬一心一意帶給你的，就是快樂。

小孩子，別三心兩意，機械快要旋動，你選定了沒有？白馬、啡馬、斑馬、有鬃毛的、不同跑姿的、拉馬車的，眼前的斑駁勾引你的目光，但你首先是要走進去，作出自己的選擇。

一旦選定，那匹馬暫時就是屬於你的。然後是由靜變動。木馬上下擺動，同時圍着一個中心旋轉，你與其他馬匹永遠保持不變的距離，你追不上牠牠追不上你，你伸手觸不着隔匹的同伴。你無用快馬加鞭，這不是一場比拼。這是純粹的重複，以機械循環來煉製快樂。當然還有音樂，旋轉木馬是一台大型音樂盒，置身其中，有輕盈的樂音包圍着你。

白馬意味生命，黑馬意味死亡。有生自有滅，筋疲力竭於摩托停頓時。穿過馬背的鐵通是你的扶手，它給你以安全同時把木馬牢牢地拴着。你飛跑而牠原地踏步。離心力是假的，快樂如同幻覺。持續不斷的只是片刻。你知道，音樂停止的時候，就是散場的時候。

別想太多，思緒會褫奪你的快樂。當你洞悉時，你已經悄然長大，旋轉木馬也在城中消失了。

攀登架

孩子，攀登架上有寶藏嗎？可以摘到星星嗎？有甚麼吸引你，耗掉氣力往上爬？如果說，攀登是與生俱來的慾望，長高，不也是與生俱來的恐懼嗎？

參天高的鋼架，底下只鋪了一層泥沙，萬一摔下來，你不怕頭破血流嗎？還是，你根本甚麼也沒有想，只是樂在其中，後果，不是你會考慮的。

說是鋼架，它其實也是一個羅網、一道梯子、一個運動場、一個舞台。不僅攀爬，你還可以在架上懸吊、做引體向上，說不定，你還可以在上面踩鋼線，做一個空中飛人。但要攀得高，你必先學會掌握——正握、反握、正反握，這純粹是動作，跟辯證可是無關的。

鋼架上的顏色有點剝落，是被你的小手磨蝕了，還是受自然侵蝕？太陽照在頭頂，金屬傳熱你是否感覺得到？

我有很多問號，並不在乎答案。我已過了身手矯健的年紀許久，只能隔着一道距離觀看。如某年某日，我來到一片陌生之地（柬埔寨），看到陌生的你在玩得樂極忘形，我只能在攀登架後默默觀察，謹此一記。

滑梯、鞦韆與氹氹轉

攀登架少時不多玩，直式的鐵皮滑梯倒是曾經熟悉的，大熱天時鐵皮吸收陽光散發溫熱，從高高窄窄的滑梯滑下來，很有一點高速下滑的暢快感覺。一輪不夠，再攀上樓梯鑽進鐵籠式平台，等待下一輪的高速下滑。一道平常滑梯，孩童也可不按常規，自創出不同的玩法，如倒轉從梯底爬回梯頂，也是試過的。

鞦韆則始終以最簡單的木塊坐板最經典，木塊最初是供坐的，玩着玩着雙腳踩在木板上，雙手握着圓環鐵索，靠着自身的身體擺動，盪呀盪盪得半天高，箇中「高手」，又好像以女孩居多。

有滑梯的地方自有鞦韆，有鞦韆的地方自有氹氹轉。以往的遊樂場玩樂設施，很多是靠孩童自主以身體發動的，如玩氹氹轉先需以後腳踩地推進、玩蹺蹺板兩邊的人要有默契地平衡發力；要享受高速、暈眩、半空飄盪的感覺，身體就是最原始的摩托，自己出多少分力，那感覺的回贈就有多少分。

只是從某時起，我城的安全系數成了壓倒性。鐵皮滑梯統統給塑膠滑梯取代，滑梯變寬了，也變矮了，滑梯底昔日的「沙地」（如有的話）統統換作安全鋪墊，現今孩童玩滑梯，想難再感受何謂高速下滑了。高高的攀登架太危險了，遭淘汰似是意料中事，氹氹轉買少見少卻是挺可惜的，旋轉的奧秘在城市失傳。鞦韆的高度減少，孩童被套在緊密包裹的安全座位上，「站着盪」是不太可能了，發力的也多是在背後微微推動的爺爺嫲嫲，看來像一個哄睡的搖籃，多於摘星的鞦韆了。

蹺蹺板我們廣東話叫搖搖板，它的英文名字更有玄機：See-saw。才剛見過，卻已不在，在過去式與現在式之間擺盪，哪個更有重量，哪個得勝。

坐騎玩具

坐過飛機、騎過鹿仔，在很久以前。

那不是真的，那不過是機動遊戲。

不，不，不是你理解的那種會把你心臟拋出胸膛的機動遊戲，那不過是十分原始的，坐騎玩具。

坐騎式、走跳式、爬緣式、豎攀式、擺動式、轉動式、滑動式……不同的兒童遊樂設施，有着一個基本共通點：運動。孩子的世界中，靜止是難以忍受的，所以才有搖籃，所以大人才會說孩子「冇時停」。再文靜的孩子，也會從運動中獲取快樂。

坐騎玩具牢牢地固定於地面，僅有的動作自由，不過是前後移動或者上下起降，飛機不會飛，鹿兒不會跑，不過，已夠學齡前兒童樂上一陣子。

當然，那是以前的事。

現在說的是虛擬、電玩。由三歲到三十歲。

正如，坐騎玩具與一盅兩件、水滾茶靚、拳頭大包聯繫在一起的，也只能在殘留的舊式茶樓中找到。如今，與其說是玩具，不如說是標本——它銘刻着一家大小歡天喜地光顧茶樓的日子，大堂一角成了孩子的遊樂場。爺爺掏出大銀一個，投入機械中，給孫兒逗樂。那麼簡單容易。

如殘留的得如酒樓大堂殘留着已作廢了的坐騎玩具。

後來，孫兒大了，爺爺死了。

空間是時間的長廊，裂紋處處。

這些「標本」，有一天也將必消失，或者這一天已經到來。

TAK YUE RESTAUR

跳飛機

聽過一個作家叫西西嗎？知道她名字的由來嗎？想像那個「兀」字——女孩的裙襬，裙襬下有一雙腿，一隻踏在地上，一隻提起，踩在一個「口」形方格內，從一格跳到另一格，兩格連續動感影像，就成名字「西西」了。是的，西西曾當小學教師，她一定看過很多女孩子，在操場上跳飛機。

其實跳飛機不一定女孩才玩，男孩也愛，譬如小時候的我。其實飛機不一定要在操場、公園、遊樂場上跳，就地取材，拿一根粉筆，在地上畫格子就可以了。甚至，在家中地板上也可以玩個痛快，連粉筆都不用出動，以地板方格勾出飛機版圖，在腦內想像就可以了。沒有手鏈抛，一抽鎖匙，或者串起幾個萬字夾便可以了。我與弟弟常常玩，那時地上鋪的是膠地板，細小方格，增加了遊戲的難度。

跳飛機有不同形狀，最常見的，是雙翼飛機形；也有是畫成房子的，所以又叫跳房子。現今的孩子可能覺得好笑，房子不是建的嗎？飛機不是搭的嗎？怎麼會跳？

還記得一個兒童節目叫《跳飛機》嗎？「天空海闊任鳥飛，小小天地跳飛機，大眾一齊唱首歌，開開心心真有趣。活潑聰明讀下書，天天寫字笑嘻嘻，大眾一齊跳飛機，一二三到你！」這首愉快歌謠你可曾唱過？九個格子，「畫地為牢」，如此「地牢」，可是無比寬闊。

後來是《430穿梭機》。由跳飛機到穿梭機，光陰似箭；由辛尼哥哥的〈跳飛機〉到古巨基的〈跳飛機〉，日月如梭。你不是孩子，兒歌亦變作情歌。

9
8
7
6
5
4
3
2
1

捉迷藏

閉關的，不一定是高人。消失的，不一定是隱士。小時候，難道你沒有玩過捉迷藏、捉匿人、摸盲雞嗎？

你是捉人的那個，還是匿埋的那個？是被蒙眼的那個，還是閃躲的那個？還記得躲在衣櫃裏、床下底的感覺嗎？

美國文化評論家尼爾．波茲曼（Neil Postman）在《童年的消逝》（*The Disappearance of Childhood*）說，成人與兒童的界線正在消失，其中一個表徵是兒童遊戲的消失。一個眾所周知但驚人的發現是，連綿延續了二千多年歷史的捉迷藏（blindman's buff），現在幾乎已完全在兒童群體中消失。

也難怪原始玩意失落，現在是電玩年代，所有玩具都是消費品。即使你想玩，也沒有大片可供走動的空間，即使有空間，也沒有兄弟姊妹作玩伴，難道叫家中的菲印傭跟你捉迷藏嗎？

於是，你逐漸長大，忘記衣櫃的氣味、床下底的漆黑。你還是想躲、想「潛」，卻發覺無處逃遁。一個手機來電，你原形畢露。

然後你發覺，生命原來是，無休止的 hide and seek，消失與再現，Fort / Da，Fort / Da，牙牙學語，如唸咒般，重複着痛苦離別與歡喜返回。只是躲避甚麼、追尋甚麼，目標不太明確，因此時常感到，一點悵惘。

消失物誌

閃避球

讀小學時「閃避球」是相當流行的集體玩意。小息時候，同學湊在一起，分成兩隊玩「閃避球」。用的是乒乓球，將乒乓球瞄準敵方隊員的身體射去，對方迅速閃避，極考反應，被打中的便站出界外，暫時出局；乒乓球無殺傷力，儘管帶有狠勁的話，打在身上還是會發出一下清脆的「噗」聲，有時被擊中處還會泛起一點紅，但沒多久紅暈自會褪去，不留痕跡。

「閃避球」這玩意，伴我度過不知多少個快樂的小息。有時老師在操場，還會在旁觀看，甚至加入玩耍。但升上中學，這種玩意就忽然沒有了。

不是電影《屎波快閃隊》（*Dodgeball: A True Underdog Story*）的一張戲票，對這玩意也幾乎忘掉了。消失的兒時玩意何止這個，現在遊樂場都沒有氹氹轉了，也沒有高高彎彎的滑梯。我懷疑這些事物的消失是有着共通性的，不單是兒童玩具向電子消費品的轉型，還包括我們對新一代極之（過分）保護的心態。

嘩，閃避球？那麼暴戾，身為家長怎可以容許寶貝仔當乒乓球箭靶？孩子皮膚出現紅暈，大件事。氹氹轉，萬一轉到頭暈怎麼辦？高高彎彎的滑梯不好，危險呀，滑下來即使有墊褥屁股也會痛的呀！盪鞦韆，搖擺的角度自然不好超過九十度。猜樓梯這玩意更不可接受，跳樓梯級，萬一差錯腳點算？

大人極力為孩子營造溫室環境，孩子的確是安全了，但隨之喪失的，包括轉圈圈自製暈眩的迷幻感覺、盪鞦韆盪到可以摘星星的幻覺，以及讓一個乒乓球打在身上發出的微微痛楚——一種消失了的痛快。

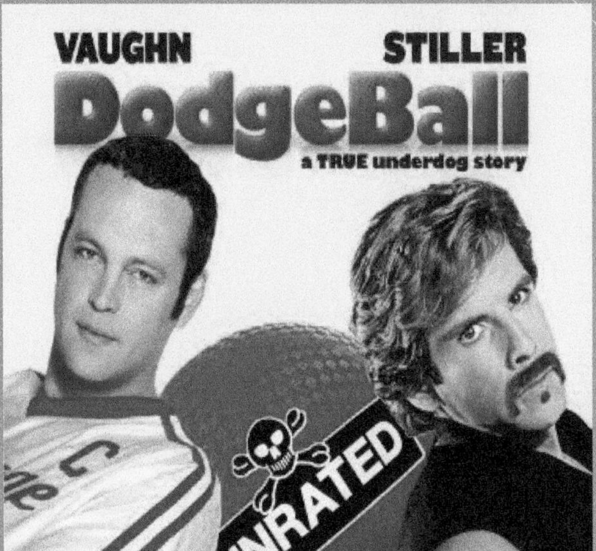
VAUGHN
STILLER
DodgeBall
a TRUE underdog story
UNRATED

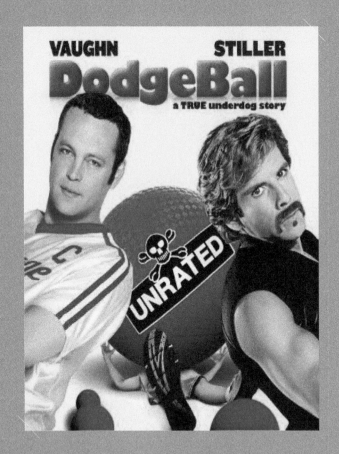

一人的遊戲

童年原始玩意多是群體的，但一個人，也有一個人的遊戲。

只要有一面牆壁。譬如，對着牆壁打乒乓球，在牆壁上塗鴉（後果自負），在牆壁上，靠着光和暗，玩手影，擺動手指幻想雀兒在叫、鷹兒在飛。

面壁，只是作樂，不一定思過。

只要有一張紙，就可以摺出飛機、紙船、凳仔、波仔、帽仔、鶴仔……只要有一條橡皮筋，就可以在指頭間拉出各種形狀，譬如星星。只要有一堆肥皂泡，就可以吹奏歡樂即便旋即爆破。

甚麼道具也沒有的時候，可以用自己的身體。譬如自己跟自己玩「氹氹轉」，以身體作軸心，原地快速轉圈，突然停下來，閉上眼睛，享受暈眩的感覺。純粹一刻的失神，腦內滑入一片空白，開始和結束都是突如其來的，但言談和姿勢卻可從中斷重新接起，是為「失神癲」——其時孩子的神乎其技，我擁有過。

這樣，或者，比上完英文班上繪畫班上完繪畫班上鋼琴班好。或者比時刻都有網上「友伴」好。比不斷都有親子活動、PG指引好。讓孩子靜一靜下來，偶爾孤獨、皺眉、發呆、冥想、沉思、心不在焉、靈魂出竅、眈天望地、無所事事，以至，完完全全、真真正正地，忘記時光。

守歲

今天，還有誰曉得蘇軾的〈守歲〉：「兒童強不睡，相守夜歡嘩」？你與我，也許都曾經是這樣的一個孩童。

團年飯吃過了，稍待消化一下，便來個飯後甜品，不消說，湯圓是也。一頓飯就是一場文字「諧音」遊戲——髮菜蠔豉，「發財好市」；魚當然要有，「年年有餘」；湯圓，則是團圓。一年就是為了一個心願，平平安安，一家團圓。

未懂蘇軾前，母親已告訴我們，除夕夜，兒女不睡，燈火長日通明，可為父母添壽。我不知道這說法有多真確，但如果這是一個祝願，我多麼願意守在燈旁，到天亮時才合上眼睛。小時候父親管教甚嚴，晚上十時就趕我們睡覺（其實我常常在床上眼光光），獨除夕夜，可以名正言順地玩到通宵達旦，還可一盡孝順之道。我總是最晚睡的一個，其實，我從小就不容易入睡。

那長夜漫漫，玩甚麼呢？包利是、貼春聯、預備糖果盒、剝瓜子，還有還有，趕在亥時完結之前用碌柚葉沖涼，洗去過去一年的穢氣。有趣在洗澡卻不洗頭，除夕夜不好洗頭這習俗，是母親說的，我卻從不知道由來。稍大一點就跟兄弟姊姊搓新年麻將，小玩而已，通常不過四圈，但在劈啪碰撞之中，也溜走了一點時光。然後就是父母親派壓歲錢，給父母親說說祝福話。「恭喜發財！」「身壯力健！」「心想事成！」……

那個年頭，很多東西都是親手做的，我記得小時候油角也是自己包的，我們說「摺角仔」，在油角皮上填餡料，然後摺合、滾邊。落油鑊當然不是我的事宜。這個時候，我一定還是非常年幼。因為到後來，一切逐漸從簡，親手做的也轉為買現成的。沒有再勞師動眾為新年添大褸新衣了，慢慢我也不太樂意隨父母親到親戚家拜年了。歲月悠悠，新年習俗的變化，同時覆疊着時代跟個人的成長。就這樣，年又過年。如今人長大了，體力不繼，通宵真成了「強不睡」了。壓歲錢接過，添一句「壽比南山」，父母親都已經是老人家。

雞之輓歌

小時候也曾在家中飼養黃毛小雞，平時放牠們周圍走，夜了就抱牠們進入鞋盒——我為牠們設置的安樂窩。不僅小雞，小鴨、相思雀、彩鳳、鸚鵡都飼養過，還有從窗外飛來的草蜢、飛蟬，通常都是傷兵，小小年紀以為可以給牠們療傷，通常捱不了多久，當時未知生命本就短促。還有收養自來狗，飼養金魚、熱帶魚、鹹水魚。回想起來，這還是人與動物安然相處的年代。甚麼時候開始，動物與人物的關係，若非寵物，就是敵人？

歷經禽流感電視直播雞隻集中營的尋常可怖畫面，小雞不可能再是可愛的象徵物。「雞仔嘜」童裝如何改頭換面壓根兒是上一代的產物了。雞仔餅還有哪個孩子會吃？「雞公仔，尾彎彎，做人新抱甚艱難……」，現代媽媽再不會在孩子床緣幽怨地唱了（連媽媽自己都不懂了）。「何家公雞何家猜！何家母雞何家猜！」這些廣東兒歌，恐怕要變成輓歌了（雖然早已式微）。

還是日本這「機械王國」有遠見，一早已經以機器來調應人類情感結構的改變。不，中國人更有遠見，五十年代頒佈的《漢字簡化方案》，「牠」，一早已經變成死物「它」了。

童年的樓梯

樓梯充滿故事，當樓宇還未衝上雲霄之前。

樓梯曾經是童年的即興遊樂場，與玩伴們猜「包剪揼」，猜贏的就上升一級，看誰先抵達終點；刺激的，一躍十級地向下跳也夠亡命；又或者，就沿着兩級樓梯雙腳交替踏步，這原始運動，沒想到後來成了健身中心的——「樓梯機」。

童年與樓梯相交的，當然還有滑梯。滑梯有直的，有螺旋形的，一級一級爬上去，就是為了從高處滑下來。向下俯衝，原是人類的原始慾望。

還有一種夢你一定做過——步落樓梯，突然差錯腳，人未倒地，猛然給噩夢驚醒。曾經聽過一個說法，說如果你在這噩夢中看到自己跌落地上的樣子，那是一種凶兆，象徵死亡將至，非常恐怖。這種樓梯失足的夢，長大後好像消失了。這種人類共通的夢境，彷彿暗藏着一道形而上的存在密碼。

童年時作樂的樓梯，只是典型公務員宿舍的灰色石梯罷了，沒有花巧，但於我來說，卻是獨特的。那是兒時通向家門的樓梯，在這裏，我玩過、跳過、摔過。有沒有人在二十年後重訪一道樓梯呢？我試過。童年舊地行將清拆，四周築起重重的鐵絲網，人去樓空，我偷偷闖入，踏着細步，輕踮散落一地的記憶碎片。眼前有黑影滑過，想到《三更之回家》的廢墟，打了一個冷顫。

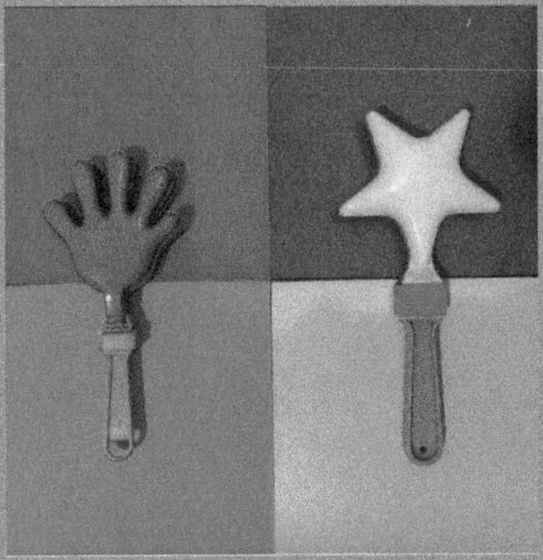

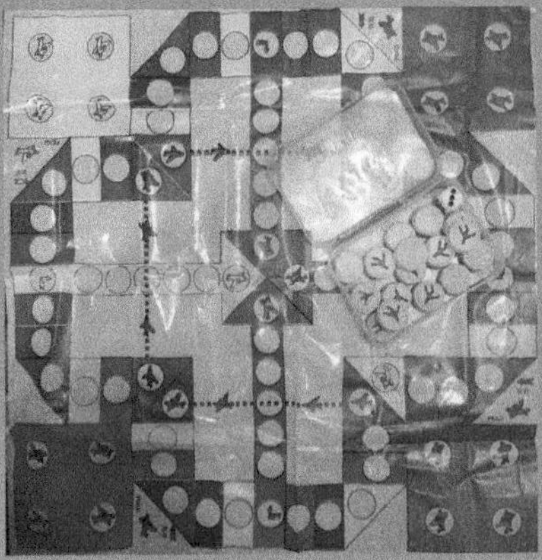

A Family
Card Game!
Waddingtons
UNO
Waddingtons

美術象棋

兒童鬥獸棋

三

老地方

三越百貨

銀色石英鐘還在滴答轉動，在利園山道。若非告別在即，人們已把你忘記（不在意即為一種忘記）。隔不遠，時代廣場那個大鐘才是焦點所在。啟超道與羅素街不過毗鄰，啟超不認識羅素。

禮頓道一個施工地盤上寫着：A New Touch of Causeway Bay。銅鑼灣作為「小銀座」的全盛時期，是八十年代的事。八十年代讓位予九十年代。事實證明，沒有「四大」（四大日資百貨、四大家族、四大探長、四大天王）是永恆的，凡事都有盡期。

沒甚麼特別值得懷緬（懷舊有時是罪名），只是到底裝着集體記憶（「大丸有落！」），有虛幻也有真確。

日資百貨曾帶給城市很多新奇。「蛇餅」曾經為「假東西」（日式蟹柳）而結。蠟製食物模型在餐廳櫥窗展示。購物成了行逛。百貨公司，法國作家左拉筆下的「婦女樂園」，都市女性的新天地；我城曾經有過。

後來，蟹柳到處有售，食物模型不再新奇。女售貨員添了年紀。新奇變平常，期間晃去二十五年。

消失，總有一個過程，或長或短，或明或暗，而期間，即為 meanwhile。

越
MITSUKOSHI

天星碼頭

那麼多人來送別，那便不是一個人的事了。

腳架、攝錄機、照相機、手提電話濟濟一堂，咔嚓咔嚓，你很久沒得到那麼多的注視。人們不忘把自己也拍進鏡頭，今天還在，明天，就是歷史了。

仿古是滑稽的東西，清拆是悲哀的字眼。消滅香港的政府，把半世紀三位一體的元神打碎了。

三位一體：大會堂、皇后碼頭、天星碼頭。在這裏，真的可以看見天、看見星，海風柔柔，月圓的時候，高高的明月掛在天空，在城市已大幅變成屏風之時，這一片天空，格外珍貴。本來已可觀景，又何需觀景台。

有時乘一趟天星小輪，不過為了吹吹海風、吸吸海水的味道、聽聽摩托的聲音、看看船員把繩圈套進碼頭柱子的準繩。

或者，留得住記憶的只有聲音。銅鐘的聲音，伴着雪糕車的聲音。斗零的聲音太沉重，遙遠的蘇守忠敲木魚去了；或者，更多人記得的，是威廉．荷頓與蘇絲黃的邂逅，然而也是老去了。

二〇〇六年十一月十一日後，機械鐘沒入歷史，成為展覽品。抗議標語說：「我們不是要博物館銅鐘，我們要的是活生生歷史。」忽然我明白，文化批評家阿當諾何以說「Museum and Mausoleum」。博物館與陵墓，原來是同義詞。

皇后碼頭

老伯伯，漁獲豐富嗎？有魚堪釣直須釣，明天，明天這個地方將不屬於你。海濱長廊的良辰美景，難道你會信嗎？

你在釣魚，我在拍照。相機已經閃動得太多，很疲累，其實，我不想把活生生的東西蝕進電子記憶，「強迫性照相症」是迫出來的，因為我有一個喜歡締造「歷史」的政府，將現在沖進過去，化成「歷史」。如果有第一身現場，有誰願意求索於第二輪影像？

皇后是人，周潤發是人，譚家明是人，陳果是人，釣魚翁是人，露宿學生是人，我是人。曾蔭權是666，是「大怪獸」——抗議的諷刺畫如是說。

我夢見暴龍侵襲維港，暴龍的一條腿叫「官」，一條腿叫「商」。一踏天星歿，再踏皇后悲，三踏港陸沉，四踏同歸西。天星碼頭、皇后碼頭、大會堂的元神已經被瓦解了，永不超生，明天，海濱的「三位一體」將是P2公路、商場與政府總部。添馬艦的嘉年華已經玩完了，新的「幻彩詠香江」將被譜寫。

大會堂對面一塊紀念碑上刻着「Glorious Dead」，高聳入雲的IFC狀若一枝長命香，把天空燒成一片灰濛。城市鬼魅魍魎，陰魂不散，打開照相簿，曾經存活的，盡化作幽靈幢幢，彌留邊緣的皇后碼頭，喃喃自語問：是誰為你插上祭旗。

曾蔭權，大怪獸
拆碼頭，毀鐘樓
唔要文化充大頭！
有佢連任冇得救！

添馬艦

有一種樂園叫遊樂場，有一種遊樂場與臨時嘉年華連結，於是，快樂被標上了限期。二〇〇七年四月廿三日搭正廿三時，燈光熄滅，適才還笑騎騎，忽然遁入空寂，虛幻異常。

回歸十年，有哪個地方，命數比添馬艦還要多變？這個地方，米字旗曾經四處飄揚，每年禮炮為女皇壽辰鳴響，英國在港的海軍基地，名字就是由英國軍艦添馬號而來；臨別秋波，日不落碰上了回歸前夕的大雨滂沱。

之後，名字就只是一個名字，添馬艦日思夜對的，是中國人民解放軍駐香港部隊大廈。它曾經是地產商垂涎的肥豬肉，超級無敵地皮，料不到一場亞洲金融風暴，肥肉被急凍冷藏。

在添馬艦變身政府總部之前，這地度過了虛幻的「悠長假期」。工展會、馬戲團、盆菜宴、路易威登慶典，以及幾個健力士紀錄。電影節在這裏吹起過全亞洲最大的銀幕，政府在這裏滾動過全世界最貴的「石頭」，巨星匯散了，留低盧維思一個人壓場。

天荒地老流連在摩天輪，你最好不要信。那摩天輪實在太「保險」了，坐上去像入了玻璃箱，還是飛天椅比較有飛的感覺。「最後一日歡樂」。明天？明天就像電影*Big*（《飛越未來》）中的湯漢斯，一夜之間變了大人，遊樂場變走了，明天這地，將是成人權力的肉搏場。

AIA
HONG KONG
WORLD
CARNIVAL
閉幕倒數
最後1日歡樂
歡送AIA香港
環球嘉年華
及添馬艦
CLOSING
COUNTDOWN!
ONLY 1 DAYS
OF FUN LEFT!

Principal
Sun Life
AIA

美利樓

甚麼叫人工？可以給它一個定義：把本來毫不相干的東西嵌在一起。因此，赤柱廣場收容了美利樓，美利樓收容了同昌大押石柱（據說從上海街搬來）。錯置了的古跡還算不算古跡？這是一個弔詭問題。人可以搬家，一幢建築物可以嗎？在香港對古物古跡的定義中，這完全是可能的，因為所謂古物，只是一個數字（夠不夠上年份）和「點」的問題（還未擴及「線」與「面」的層次），與美學、環境無關。

舊感覺不等同歷史。維多利亞建築、羅馬式圓柱，如果不懂得欣賞，不過虛詞罷了。把舊建築新建，拆卸以重構——奇特的悖論思維，你說，香港是「整蠱」專家，還是「解構」專家？

歷史建築成了一個微縮空間，在這裏，你可以光顧美食食肆、參觀一下博物館展覽，順道到赤柱廣場打個白鴿轉。Entertainment、shopertainment、edutainment，是為消費社會之三位一體。

同昌大押柱子通向天空的窟窿。這是廢墟、拼湊、橫移、殖民建築、旅遊景點、新地標，以及，解魅化了的歷史幽靈。是的，舊美利樓曾經鬧鬼鬧得很凶，如今，鬼魂若回到金鐘舊地，發覺變了一根參天銀竹，劈向城中的禮賓府，必然在城中迷路，無家可歸。

同昌大押

九龍寨城

從活生生的圍城到冷冰冰的公園，期間，只需要推土機和大鐵鎚。見證過清朝人的辮子，熬得過英國殖民拓展、日軍侵佔，卻過渡不了九七回歸。在命書上一早注定。

活城區硬生生變了主題公園。但，亭台廊榭、人工山石、花木池魚，與歷史何干？與人何干？當日是人聲鼎沸，今天是疏疏落落，幾個老人蹲着下棋，冷清得淒涼。

山石棋佈，水聲潺潺，端是水隨山轉，山因水活。不錯，但人呢？無牌牙醫、食品工場、手錶錶帶工場、玩具廠、小五金廠、潮樂社、妓寨等等，經比 1:99 強力百倍的歷史漂白水一沖，全部人間蒸發。歷史，難道容不下匿名小人物的丁點印記？

一筆一筆刪節，剩下的只有硬件——衙門、古炮、石碑、門聯、柱礎。好一句「存昔日城寨之神髓」，官方話總是響亮的。

掏空了人的歷史，好比軀體被挖去心臟。「南門懷古」不過是一個窪池，好在那兩塊刻有「南門」、「九龍寨城」的石碑還是貨真價實的出土文物，可以當作九龍寨城的墓誌銘，供人憑弔。

所謂「散思古發幽情」，望着兩塊斷石，一時念及，原來牙醫豬紅開遍，似這般都付與斷井頹垣。

調景嶺

香港曾經是一個避難所。沒有甚麼地方比調景嶺更清楚了。這是活動教學的好地方。歷史老師帶學生實地考察，可以說出比一匹布更長的國共歷史。有這地方不需有甘棠第。有誰想到，如今遊目四顧，盡是大型屋苑，昨天「照鏡環山」，今天「屏風樂園」。

九七回歸，徐徐落下的不僅有米字旗，還有青天白日滿地紅旗。左、中、右已經大洗牌，國慶只能得一個。有兩個地方注定過渡不了九七，一是九龍寨城，一是調景嶺，怪就怪這兩個地方，比特區一早還要「高度自治」。九龍寨城變了大公園，調景嶺變了地鐵站，你跟小學生說「吊頸嶺」，他們還以為你語帶鄉音呢。

「三民主義」、「莊敬自強」，如今只能在調景嶺的老照片中尋見。香港電影也記錄了一鱗半爪，大都是非紀實，風格化了的。《旺角卡門》中，來自調景嶺的烏蠅（張學友飾）將冷氣機掟落海。《天長地久》有劉德華扮演的長髮調景嶺小子。每個人都可以做三分鐘英雄，天長地久卻是沒有的。

不如讀讀趙滋蕃的《半下流社會》，小說後來被拍成電影，這是張瑛參演的唯一右派電影。既非上流也非下流，說的就是調景嶺。這是「尋求自由，逃避極權的人的精神堡壘」，電影如是說。流亡，原為了避秦，「故鄉有豺狼」，有家歸不得，料不到幾十年後，紛紛上了厚德邨，經歷第二度的遷居。

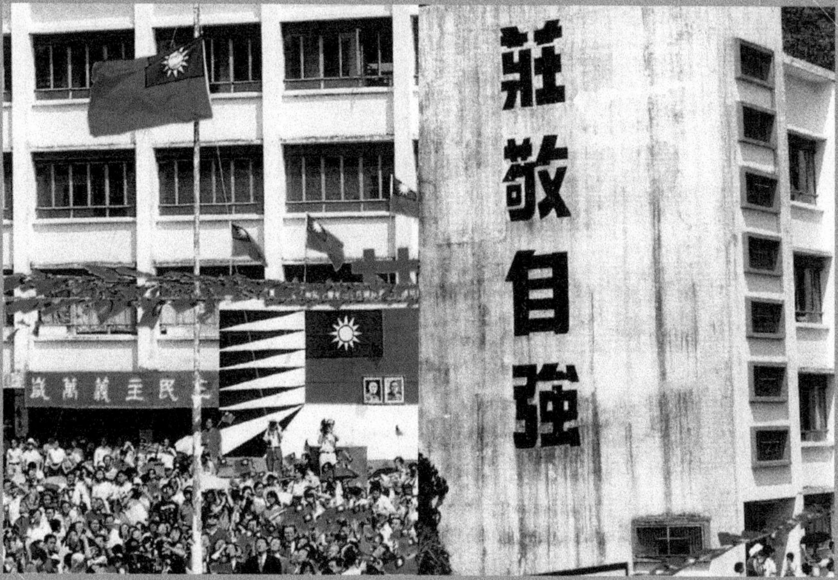

梁廣福　攝

大磡村

香港有個荷里活，荷里活不是夢工場。九龍有個鑽石山，鑽石山鑽不出鑽石來。在龍翔（道）與彩虹（邨）之間，有一個地方叫大磡村，卒於二〇〇一年二月二十日，其實都不是太久遠的事，你可能已把它忘記得一乾二淨。二百年的存活，抵不上十數載的消亡。

大磡村對着荷里活廣場，荷里活廣場對着星河明居。因為陳果，你記得星河明居整整齊齊有五幢，少一幢就不成，飛不出的「五指山」。《香港有個荷里活》開首那個燒豬、荔枝加香爐的鏡頭，分明是獻祭的。祭誰呢？祭一切已逝的城市亡靈。

二〇〇一年二月十四日，路人甲，即我，造訪大磡村，大肥豬沒有碰上，拍照、告別的人倒有很多。詠藜園仍在營業，我吃了一碗擔擔麵。我清楚記得，下元嶺村忽然天空冒煙，大磡村村民但笑不語，似早有所料，想起來，大磡村清拆前八天內三度離奇失火，彷彿內有故事。煙幕中我看到一點無聲抵抗。

你說天國與地獄，我道禾稈冚珍珠。說它是「夢工場」也不全錯，這裏曾經住過不少影人，出了一個大明星叫劉德華。喬宏叔故居仍在，與保留下來的飛機庫、地下碉堡，合稱「大磡村三寶」。值得懷念的還有蘭花大王林肇熙，臨別依依親手把蘭花埋葬。葬花我在《紅樓夢》讀過，想不到現實中真有其事，就在大磡村中的——「大觀園農場」。

大磡村
PLAZA
荷里活廣場

大澳棚屋

說到住屋，甚麼香港人不是活在地產商爪下的，大澳棚屋居民就是了。竹枝、木材、葵葉、麻石，後來又加用鋅鐵、「坤甸木」等，以最原始的材料，一手一腳就在水鄉之上蓋起房子，很難想像，這門手藝是如何得來的。葵葉不僅可以搧風，還可以用來隔熱，取於民間的老智慧。舊的棚屋是半圓頂的，狀若船篷，把「船艇」穩定於岸邊成屋子，這是漁民初萌的土地概念。

上圖那間棚屋很架勢吧，起得特別高，還張貼紅錢、擺放鮮花，有甚麼喜慶事嗎？噢，原來是劫後重生。不太善忘的人，應還記得二千年回歸日之際，大澳棚屋慘遭猛火燒毀，幸好棚屋燒不盡，春風吹又生，老百姓就是有一種超乎想像的強韌，你說阿Q也好⋯⋯火燒旺地。特區回歸十年，人、事回顧不絕，在回歸事件簿上，是否也應記這一場大火？

《大澳的天空》曾現身電視熒幕，爾冬陞的《真心話》你可有看過？呃呃騙騙的不良少女，回到大澳出生地就變回鄰家女孩。還有那齣已被淡忘的《花街時代》，「My name ain't Suzie」的夏文汐，從大澳姑娘搖身一變成灣仔紅妓，兩個地方兩個世界。別怪我，我不是大澳人，總是習慣依賴影像來填充想像。虛實交雜，大澳的天空，乍現了一道幻彩落霞。

油麻地果欄

你說它帶來聲音滋擾，我尚可理解；阻塞交通這罪名，我搔搔頭皮，咦，夜已三更，金波淡，香港幾時連這時分都交通緊張了？你說它阻塞交通，它說長沙灣市場多層式大樓有礙生果運輸，都是運輸問題，應該在政府推行的「生果日」辯論一下。

油麻地果欄建於一九一三年，百載滄桑，也許沒有愛德華或維多利亞或歐洲風格，建築美學不足，只落得一個三級歷史建築，比毗鄰的油麻地戲院還要低一級。但這裏，不時有社工組織、文化團體組隊夜訪，對着它單層多幢的石建築、石建築上的屋頂、屋頂上的牌匾，指指點點，看來比城中很多一級古董還要吸引。

因為「乾屍」已經太多了。好看的，怎會只是一石一瓦？搬運工人赤膊上陣，汗珠滾過大剌剌的紋身，木頭車、手推車互相穿插，檔主與顧客談笑議價，在城市人溜進夢鄉的時候，有一班人努力營生，政府常說香港人貴乎拼搏，這不就是拼搏精神於暗夜街頭的活靈活現？這種人氣，審計署如何量度？

或者你會說，我是以遊人的眼睛看世界。我不否認，但如果它本有遊歷的價值，又何需政府把它掏空心臟，發展文物旅遊用途？政府每次說文物旅遊，我就皺一皺眉，生怕再一次地，文化葬身為物化。

荔園

都說荔園垂垂老矣，命不久矣。果然一九九七年三月三十一日，就是它壽終正寢之日。猶記得結業之前，一連四天公眾假期，天氣乍晴乍雨，但遊人如鯽，最後一天超過二萬人捧場，一反晚年蕭條景象。霎時之間，彷彿回到其七十年代的光輝日子，可不過是迴光返照，舊地重遊，有點像瞻仰遺容罷了。匆匆一天，眼皮一翻，未許端詳。但這最後一口氣總算抖得暢順，眼皮可緊緊合上。

不因它晚年的色衰而忘了其壯年風光。荔園開業於一九四九年，足足經營了四十八載，差不多半個世紀，也實在帶給不知幾代孩童多少快樂。最經典還是它的旋轉木馬，merry-go-round，來回兜圈，騎在木馬身上彷彿忘了時間的鐘。旋轉木馬不停地轉呀轉，外頭大千世界也不住地轉呀轉，只是前者是原地踏步，後者是滄海桑田。

時光流轉，這香港歷史最悠久的昔日大型遊樂場也早變得「蚊型」。也怪它自己不懂護理面容，只任憑歲月刀痕，在臉上隨意刮上皺紋。看看它的咖啡杯，看看它的太空輪，還有摩天輪等機動遊戲，也的確滿臉風霜，有點風燭殘年。還有擲磚贏香口膠和幸運輪盤等攤位遊戲，沒有史諾比或哈囉吉蒂，如何贏得現代孩童歡心？創業難守業更難，跟不上時代步伐，汰弱留強，也無話可說。

最慘還要數它的大象天奴。這隻香港最後一頭大象，一九五八年四歲被賣落園中，孤獨無伴地在方圓四百呎範圍內，終其一生。一象的痛苦換來無數孩童的歡笑，也算犧牲小我完成大我。終於，大象在一九八九年二月三日中午因急性肺炎不支倒地，了結了牠點頭屈膝向遊人討香蕉花生的卅一年迎送生涯。莫非真是「唔怕生壞命，最怕改壞名」，天奴天奴——天天的做其奴隸。三十五歲，其實怎算老死；真正老死的，或者是把大象囚禁的那塊遙遠的童話樂園。

大坑舞火龍

有朋友小時候住在大坑浣紗街，聽她重述舞火龍的兒時記憶，就完全是街坊之道。中秋節大半個月前，舞火龍已開始練習，鑼鼓聲自大坑坊眾福利會旁的停車場傳來。朋友說，大坑坊眾福利會每年都會上門為舞火龍募捐，大家都樂意捐獻，多少無拘，也不怕被騙，募捐者不用出示證明文件，都是熟口熟面的街坊。舞火龍的壯丁也全都認得，平時就是街市的豬肉販、菜販等。因為互相認識，舞火龍就成了主動參與的遊戲，細路興沖沖「捐」過火龍，聽說會快高長大，舞火龍者也會作勢衝向細路，互相追逐戲耍；不僅止於靜站圍觀。豆腐檔免費在攤檔備茶，招待街坊。朋友還記得一個啞子，平日在大坑街市做打雜，這幾天指揮大隊，就威風八面神氣活現，同一個人，代入不同角色就完全不同了。火龍舞過大坑街巷，天后廟當然是必經之地，一直舞到避風塘，就把火龍丟進海裏；也有街坊把火龍身上的長壽香拿回家宅，以保平安。

以上種種，我曾趕及看過的。後來，二〇一一年，大坑火龍衝出大坑，來到維園了。珍珠草還是珍珠草，卻不再是在新界採摘，而是輸自大陸了。聽說每年舞火龍時給街坊免費備茶的豆腐攤檔，也停止供應了，因為攤檔所在地，已被收為商用。人多擠塞，維園把舞火龍場面投射於兩面熒幕上，觀眾可在席間欣賞。火龍來到維園，但見熒幕畫面傳來一把生猛的男子旁述聲，給觀眾現場講解。一時是吉祥話：「喜結龍團，一團和氣」、「左翻騰，睇過都龍馬精神！」，一時是花式語：「雙插花」、「地塘珠」、「現在來個自由發揮！」對觀眾照顧有加：「舞龍啲人踎低，唔好阻住觀眾視線」、「俾個致敬禮啲觀眾！」我一時疑惑，舞火龍不是祭神的嗎，怎麼變成「觀眾大晒」。或者在這個節慶生活化的年頭，傳統社區文化一旦變成旅遊景觀，觀眾就真的是「神」了。

這樣也未必不好，能躋身非物質文化遺產名錄，身價自是不同。有些東西，終究沒徹底消失，被保育下來了。只是當火龍場面愈發壯觀、成為旅遊盛典，以至被認可為國家級非物質文化遺產，街坊反而逐漸地「disown」了它。舞火龍「衝出維園」，雖然仍在銅鑼灣，但離開了大坑，半步之遙，意義就不同了。

朱文瀚 攝

中興國貨

雖說中興國貨於上海街與旺角道交界已佇立了半世紀有多，二〇一一年二月它臨近結業之前，我才第一趟來到這裏。未入店內，那灰玫紅金字木質招牌已散發着舊時代氣息，印象中，這種色調搭配在舊式辦館中也見過，如今買少見少了。從玻璃窗貼着的文字標示所見，昔日閣樓賣童裝、女裝、皮鞋、布疋，二樓賣衣車、單車、皮箱、皮喼；淘汰不是一下子的，如風化之慢慢侵蝕，衣車、單車早沒售了，成藥部不知何時關掉了，雙喜牌棉胎也幾近作古吧；剩下最有韌力的，始終是衣服鞋襪。童裝、一件頭藍白技工服、袖衫、冷衫、扯布衣、校褸、校服裙、西褲、短西褲、黑色或白色的學生鞋，每經過一個角落都有人在閒話過去；價廉是肯定的，物美與否則因人而異，我卻想到不少國貨特色衣着，如果有時裝潮人看上，或有成為「潮服」的本錢（愈是「國產」，愈是「革命」，後來愈多成為「消費品」，說來這也是時間給世人的反諷，但這是別話）。

我一把年紀，當下竟然也禁不住試穿起校褸來。任國貨回憶再淡，大家都知道大地牌，當下店內的人想必涵蓋「四代香港人」，都在一個國產品牌上接通了。我特別被一張大地學生褸海報廣告吸引，單單薄薄的一張壁紙貼在牆身，廣告內八個男女學生哥穿着校褸一字排開，中間兩個最突出的還握着手仔，下面寫着廣告標語：「大地情懷，踏上成功路」，樸素得可以。

在中興國貨公司，走到地面一層的盡頭，有木樓梯引上二樓，啡木色平滑扶手，圍杆髹上不太協調的鮮黃色。木質的櫃面，木質入牆的冷氣槽。圓圓的牆鐘，

中興國貨
中興國貨
CHUNG HING COMPANY
租約期滿結業大清貨
租約期滿結業大清貨
租約期滿結業大清貨
中興國貨

白燦燦的光管。國貨公司固然說不上雅緻精細，但也有它獨特的時代質感。做了幾十年的東主兄妹們，膊頭上掛一把軟尺，隨時準備為顧客量身，一天照常營業，一天未言告別。

有些東西，你真要走到現場才會想起來。原以為國貨於我有隔，沒有塗過海鷗牌髮蠟，沒有用過美加淨檀香皂，沒有在八十年代初買過國產自行車、縫紉機回鄉探親，但細想起來，原來也非毫無記憶。

國產品牌，穿過的用過的，如中華牌鉛筆、英雄牌口琴（小學第一個口琴是這牌子）、英雄牌墨水筆（同一牌子出不同產品，有趣）、紅雙喜乒乓球及球拍等，這些東西，原來都是小學生活點滴。再加上因中興結業，媒體重提的蝴蝶牌縫紉機、雪花牌羊毛內衣、菊花牌內衣褲、海鷗牌髮蠟及洗頭膏等，看來國貨品牌也曾深入民心。

老一輩人說：「愛祖國，用國貨。」這於我十分陌生；但說到國貨，我記得另一句：「裕華國貨，服務大家」，配上音樂，這段「裕華之歌」，幾代人都懂得哼吧（當然，今天的裕華，也不完全是「國貨公司」）。不輕言集體回憶，以上種種，應也可記入香港文化之中。

大地 DaDi
學生褸
大地情懷 踏上成功路

音樂噴泉

像我這輩不如現在港孩幾歲大就有遊學團出外見識世界的一代，第一次見識音樂噴泉這東西，便是在最近也頗受熱議的新城市廣場。猶記那是八十年代一次全家出行活動，一家專程到新城市廣場三樓，觀賞音樂噴泉的新奇和壯麗。噴水柱形狀隨音樂變形起舞（印象中音樂多是西方古典音樂如交響樂曲），水花與水聲此起彼落，站在橢圓形噴水池邊觀賞的人圍滿一圈，站得近的（那時這城市還沒有動輒出動圍欄）身上還會沾上水滴。音樂與泉水的匯演頗叫人心花怒放，一輪歡騰，噴泉復歸平靜，要等候一會才可看到下輪演出。

那時候，商場還是會給城市人帶來不少新奇事物和體驗的。年紀漸長開始對城市空間、景觀、設計萌生興趣，多了點認識，回過頭來，才更懂得那音樂噴泉於那個具體時空出現的意義。

如果水跟花草樹木本是原始之物，落入城市，則成了自然與人為的中介物。較原始的一端，如雨水、天然湖泊、天然瀑布，自有不同的水之質感；當然水對城市人也有實際用途，如飲用及沐浴等，各自衍生不同的文明和文化。但水落入城市也有經人工疏導、設計成景觀，發揮純美感、休閒、娛樂功能等，人造噴泉便是一例。噴泉最初為貴族宮殿園林玩意，出名者如路易十四時代凡爾賽宮的奢華噴泉；後來噴泉走入廣場成為常見設施，其大眾化又跟西方民主步伐相一致。廣場的水池、噴泉又常與其他天然及人工物並置，前者如不同城市的常見樹木，後者如不同地方歷史的象徵雕塑等。而音樂噴泉的出現，則又是現代科技進一步「介入」水的

網上圖片

結果，透過電子控制、電腦程式等，給水賦予另一種感官聲色，其實也是人類科技進一步控制自然的表現。

由是音樂噴泉從室外廣場進入室內商場，又是另一重的人工轉移。商場作為現代資本主義高度人為規範、設計的空間，它並不完全與自然和城市室外隔絕，相反卻是有意識地把兩者吸納或挪移進去。沙田新城市廣場的最早落成，便是一個佳例。它把「廣場」之名接收，模糊化了「廣場」與「商場」的界線，但如果只是名字，那也只是徒具虛名；為使商場式「廣場」更富內涵，它巧妙地將音樂噴泉這城中新事物放置其中，並依廣場格局在四周種植亞熱帶常青喬木棕櫚樹，附近並有羅馬噴泉及獻技場，締造出一種「去歷史感」但又其來有自（從廣場挪移過來）的後現代「人工自然」景觀。音樂噴泉旋即成為當時新城市廣場的標誌，後來出現在其他商場中，如荃灣廣場，已不太驚喜了。

後來的發展我們都知道了。為讓路予更多的商舖及展銷空間，具標誌性的音樂噴泉（及附近的羅馬噴泉）在商場消失了。一方面這可以說是絕對商業邏輯（地盡其用、一切以謀求最高利潤為依歸）之下的「犧牲品」，另一方面你也可以說它已把自身功能發揮殆盡，完成了自己的「歷史任務」。放眼看看，現在中國城市音樂噴泉多的是，到澳門走一轉，金沙門前那音樂噴泉便更雄偉壯觀。想湖光山色多一點嗎？杭州西湖的音樂噴泉與周圍的寶石塔、雷峰塔等相配搭，加以激光或LED燈的狂瀉，天天都是視聽盛宴的「水舞間」。只是播的音樂注入中國特色，不再或不限於西洋古典音樂。從這角度看，新城市廣場音樂噴泉的消失其實並不足惜，畢竟把舒逸形態的東西變成艷麗刺激的亢奮物，更符合當下中國城市特有的審美觀；音樂噴泉這東西，便讓其接管去吧。

老麥

必須承認，時代不同了，當昔日人們懷緬的舊店是一間士多、一家冰室，或一間老牌餐館，現在，即便是表面同質化的連鎖店，也可成為集體回憶的對象，而其情也非虛假。開業二十五年的山林道麥當勞結業，引起不少曾在此地留下青春印記的男男女女感懷，也藉此批判「地產霸權」一番——連麥當勞都捱不住一漲幾倍的貴租，敗走山林道，小店更不用說了。

不知從甚麼時候起，香港人愛稱麥當勞為「麥記」、「M記」，早年開業的，更倍感親切地稱為「老麥」，彷彿它也有足夠資格，可算作城中的「老字號」了。山林道麥當勞結業，說不上哀愁，也非全無感觸，畢竟我也曾住在山林道，經常路經這店，不時惠顧，也在裏頭約會友人。據報說，山林道之外，彩雲邨一間「老麥」也在早前結業了；我想到太古坊海灣街轉角曾經有一家麥當勞，某年一夜突然搬家，一分為二雖仍在同一條街，感覺從此就不同了。這說來也不無弔詭，門面裝潢幾乎一式化的連鎖店，座落不同位置，有的經歷年月，也真成為一區一帶的平民地標。

是的，輾轉我們已來到連麥當勞結業也會不捨的年華。有在觀塘長大的年輕學生告訴我，裕民坊麥當勞對他們及觀塘區居民有着特殊意義，它不僅是一家美式速食店，還是非常地道的生活場所：孩童時慶祝生日的「派對場」、學生溫習功課的「流動課室」、年輕人約會的「老地方」、傭工在下午消磨時間的「打躉站」、老年人打瞌睡的「安樂椅」等。舊區重建，大家怕城市舊物首當其衝滑入消失邊緣，也會替裕民坊「老麥」着緊起來。可惜它終究是保不住了。

McDonald's

比起美國老家，香港麥當勞更像是一片人性化空間。在香港這擠迫之地，不趕客的麥當勞成了城中難得的「第三空間」。在美國旅居的日子，麥當勞予我感覺是頗齷齪之地，好像也是比較低下層的，在香港卻成了孩童恩物，家長喜歡為孩子在麥當勞辦生日派對，說要讓孩子留下美好回憶。早前穿着盛裝告別新城市廣場麥當勞的，有不少便是應回憶召喚而來吧。中學時曾短暫住在沙田，沙田新城市廣場必曾留下自己的足跡。新城市廣場麥當勞，我肯定也曾光顧但印象不深，倒是有在荃灣長大的年輕人告訴我，原來這家「麥記」不僅屬於沙田，也許面積寬敞，新界區孩子搞生日派對，也會特意挑在這裏。

香港社會已不是第一趟「告別麥當勞」，租金飛漲，連麥當勞也捱不住，至於被商場摒諸門外，又是另一現象。於是，伴着不少人成長的麥當勞，這些年如觀塘裕民坊、尖沙咀山林道、沙田新城市廣場幾家的消失，也成了平民懷想歡送的對象。麥當勞不斷繁殖，但換個角度，它其實又不斷消失，對它談不上深情，但也不至於漠然。在去留之間，在定着與浮動之間，如我們之於它，如它之於我們。

HMV
HMV
McDona
Peking Road
北京道

黑箱估價 市建奸詐
香港賀喆
Anpak
安碧月曆
信
袋
ER BAGS
金輝地產
金發印務
城
出
CENTRE
GREEN PRINTING

西環街坊福利會
譚伯鴻老人中心

依法賠償七年樓
依法賠償七年樓、落實樓換樓
JUST COMPENSATION AS PROMISED
PROPERTIES EXCHANGE AS PROMISED
還我一條印刷街、落實舖換舖
AXIS
HAIR SALON

四

影像

票尾

凡事都不要留「手尾根」，除了票尾。

若非有戲票存根，很多電影，已忘了在哪裏看，甚至，壓根兒記不起看過。連戲院名字可能都忘記了，銀星、新寶、富都、海大戲院……原來我學生哥的日子，曾流連這裏。

人手劃位，木顏色筆或紅或藍，大筆一揮，圈定你的位置，比較不好的是，那些戲票沒印上電影名字，自己要不忘填上。演唱會票、戲票、文化節目票以至一些旅行車票，我都保留。八十年代到紅館看演唱會的日子，那時候演唱會票子設計都很有特色，後來，改成一式一樣的「城市電腦售票網」票子，就少了一份喜悅了。

科技年代，手感罕貴。電腦票也沒有甚麼不好，但電腦票上的打印字常常褪色；保留票尾，本來為圖個記憶印記，後來卻容顏莫辨了。由永不褪色到碳粉揮發，說來這也是年代生活肌理的變化，不由人的。

記憶經常不由自主，保留票尾，也許不過是乏安全感者的力挽狂瀾，不讓細沙從指縫間溜走。一張票子，單薄得可以，但累積下來，竟生出豐厚，因為不知不覺間，我也有了一點年紀。但終究是徒勞的。

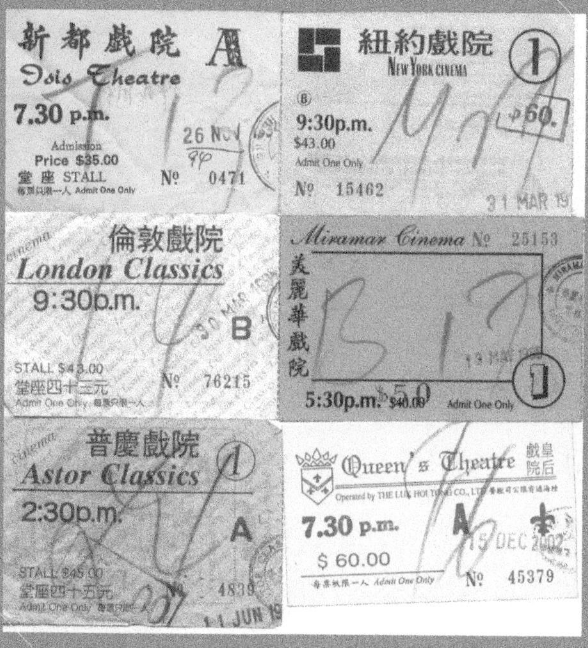
新都戲院
Isis Theatre
7.30 p.m.
Admission
Price $35.00
堂座 STALL
№ 0471
紐約戲院
NEW YORK CINEMA
9:30p.m.
$43.00
Admit One Only
№ 15462
倫敦戲院
London Classics
9:30p.m.
B
STALL $43.00
堂座四十三元
№ 76215
Miramar Cinema № 25153
美麗華戲院
5:30p.m.
Admit One Only
普慶戲院
Astor Classics
2:30p.m.
A
STALL $45.00
堂座四十五元
Queen's Theatre
皇后戲院
7.30 p.m.
$ 60.00
№ 45379

舊戲院

戲院大堂，當年人滿場。沙發座位，曾為鐵皮椅。

昨日是碧麗宮利舞臺百麗殿，今天是UA、JP、MCL、AMC。

昨日是前座後座特座超等，今天是ABCD1234。

昨日是單聲道，今天是杜比EX環迴立體聲。

電影海報曾經是手繪的，在還未批發給電腦CGI之前。

可還記得伊士曼七彩電影？

已經沒有早場公餘場，午夜場其實不夜（我是一個夜貓子）。

舊戲院門前的熟食攤檔，食物跟人一樣熱鬧。墨魚、雞腳、鹽水花生、粟米、鮮菠蘿、水梨、竹蔗、棉花糖、花生、炒栗子、鹽焗蛋、雞翼、串燒、豬皮、魚蛋、蔥油餅等等，美食紛陳，排名不分先後。當然還有煨魷魚，原隻放在炭爐上焙烘的，氣味不散，成了通向某年代記憶的鑰匙。

後來一律是禁絕。門外的流動小販，名副其實被摒諸門外。戲院中只可消化戲院售賣的小食。荷里活影像伴着美式食物而來——爆米花、熱狗和可樂。世界是更單一還是更多元，你說？

我其實並不饞嘴，入夢，應是禁食的，我想。只是世界好像單調了一點。戲院歷史，告訴我們何為一體化。宇宙膨脹，世界卻愈縮愈小。也許，迷你戲院已經很大，比起你低頭盯着的手機屏幕。

幾乎忘記蔗是可以咬的。以及，闊大銀幕的震撼、千人看戲的感覺。也許你壓根兒未曾試過。

沒落的宮殿

我們曾經把戲院想像成宮殿，甚麼璇宮、樂宮、碧麗宮、百麗殿、皇后、皇都、總統……現在，這些帝王氣派的名字，由豪宅接管；戲院的歷史，從貴族走到平民，從華麗走到滄桑。

也不全是虛名，曾幾何時，在大會堂還沒落成前，港督宣誓就職典禮，竟然就在中環娛樂戲院舉行。也不一定說那些Art Deco、圓拱頂、玄關圖案、旋轉舞台，簡單如帶位員，都打煲呔、結領帶，一身制服熨得貼服，一個帶位員負責帶幾行位，看戲中途人有三急，還有帶位員引路。

最厲害還是那塊簾幕。燈光熄滅，繡簾開，一點銀幕窺人，簡單而莊嚴的儀式，帶你與千人入夢。

也不一定舊的是好。貴族自有強烈的階級意識，戲院內分前座中座後座超等，戲院間又分首輪二輪三輪，西片票價總是貴一些，那不是媚外是甚麼？

消滅階級意識，最好莫過於劃一化，標準化的爆米花，電腦化格式的票，編碼化的戲院名字，一式化的大型商場，還有孩童化的溫馨提示（請關掉手提電話，請勿加入自己的「配樂」）。這樣不錯，一視同仁，相差不及天地，偏差沒有毫釐。

今夜星光燦爛，戲院冷冷清清。

皇后
QUEEN'S

皇后戲院

皇后碼頭沒有了，皇后戲院還會遠嗎？當然，碼頭和戲院是兩回事，但在發展的巨輪下，它們卻又殊途同歸，都讓位給商場、豪宅，更能生金蛋的東西。

《玫瑰的故事》重映，大約在一九九九年，周潤發的家明和張曼玉的玫瑰，從倒後鏡中看世界，照見如花美眷，似水流年。最美的彷彿已在上世紀。《玫瑰的故事》，英文名字叫 Lost Romance —— 失落的浪漫，彷彿提前預告，皇后戲院終必變身商場。

多年來，皇后戲院其實已愈縮愈小，一部分曾改建成的士高，的士高也叫皇后，戲不看但舞照跳，延續歌舞昇平。後來，舞都沒有了。一間一間戲院人間蒸發，皇后戲院前途未卜，但願它守得下去，黎明不要來。

最早期的香港電影院都集中在中環，比照、域多利、奄派亞（Empire）鼎足三立，那是二十世紀初，電影院的襁褓歲月。不那麼老遠的有娛樂戲院，怪不得那裏有一幢大廈叫娛樂行。都消失了，留低孤家寡人的皇后戲院。但想想，中環其實也不是沒有戲院，只是走進了IFC。今天，戲院必須寄商場之籬下，再難屹立獨行了。

皇后早就拜拜了，皇后、愛丁堡、奄派亞，這些名字有甚麼好眷戀呢，夕陽西下，殖民晚去，由它去吧。

玫瑰的故事
LOST ROMANCE

油麻地戲院

波斯富街很高貴，新填地街很平民。前者，曾經有利舞臺；後者，有油麻地戲院。一個是日出，一個是日落，多年以來。

把它們聯想一起，因為它們同年而生。同建於一九二五年，隨後都被時代淘汰，草根比貴族可要長命一點——利舞臺卒於一九九一年，油麻地戲院多存活七年，好歹捱過九七。

可真是捱過來的。認識它時，它已經是陰濕之地，為求生存，打從甚麼時候起，油麻地戲院成了日活院線三級電影的龍頭，有份帶動一票看足全日的黃色浪潮。有誰記得，油麻地戲院也曾顯赫一時，座位近千，開業時一度為香港五大戲院之一？

拉闊來看，兩所電影院，其實也標誌着港島與九龍半島根深蒂固的文化差異。利舞臺有圓頂雕龍，油麻地戲院有道友追龍；利舞臺選香港小姐，金毛強在旺角的戲院割凳。電影與電影院，都是故事，我們是電影觀眾，也是人生看客。

一個是《豪門夜宴》，一個是《碼頭風雲》。但最後留下來的，卻是油麻地戲院，儘管徒剩軀殼，好歹被列作二級歷史建築。而利舞臺，已經成了利舞臺廣場，又是商場一個，今生不記前世，真真正正地，謝幕了。

影藝戲院

留着票尾有甚麼好？若干年後，它會提醒你，「此曾在」，雖然那個「此」，又非現在的你。

其他細節還有每間戲院有不同設計的人手劃票，保留下來，多年後成為「到此做夢」的見證。譬如影藝結業，我翻出散佚不全的票尾：《基督的最後誘惑》、《搶錢家族》、《情書》、《陽光燦爛的日子》、《日以繼夜》、《一生何求》、《小鞋子》、《掀起面紗的少女》……美國、中國、日本、法國、希臘、伊朗等等，加起來就是一個電影聯合國了。一間迷你戲院，一個寬銀幕，成了通向世界的窗口。不知甚麼時候起，影藝也改了電腦售票，我手頭第一張影藝的電腦票是《天使愛美麗》，最近一張是《瘋狂的石頭》。原來也有一段日子了。

二〇〇六年十一月三十日，影藝的最後一天，影藝戲院選映了五齣影片免費給觀眾欣賞，從中午至晚場先後為《開國大典》、《芙蓉鎮》、《那山那人那狗》、《我想有個家》、《朗朗星空》，我選看了黃昏六時放映的《那山那人那狗》，見證它最後的全院滿座。當然也不忘拍照留念，包括放在兩個影院入口走廊的籐椅、「影藝十大影片龍虎榜」，還有紅色簾幕的影院。「影藝濃情十八載」，最後一張告示說：「你我相逢光影裏／因有靈犀一點通／今宵惜別／有緣再會」。後來影藝戲院捲土重來在九龍灣淘大花園重開，名字依舊，但於我來說，卻很難說是「再會」了。

Cine-Art House

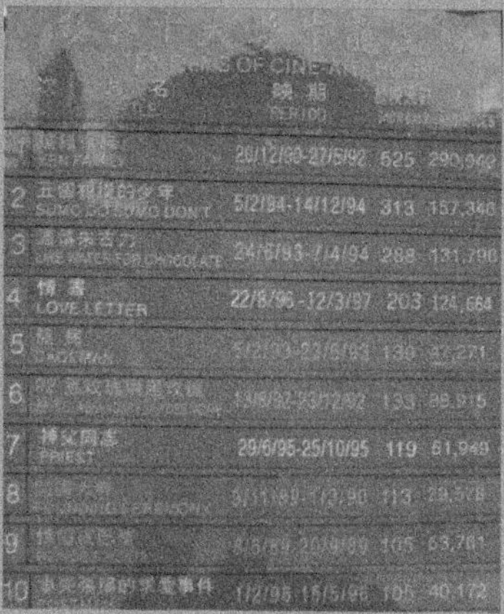
映期
PERIOD
29/12/90-27/6/92 625
2 5/2/94-14/12/94 313
3 24/6/93-7/4/94 288
4 情書
LOVE LETTER
22/8/96-12/3/97 203 124,664
5
6
7 神父同志
PRIEST
29/6/95-25/10/95 119 61,949
8
9
10 1/2/95-16/5/96

UA時代

談不上對UA時代廣場（以下簡稱UA時代）有深厚感情，但它的結業，還是令我在腦海中搜索了一下，我在這裏曾經跟甚麼光影相遇過。遠的記不起來了，近的，從二〇一〇年至今，我在這裏看過《少女香奈兒》、《我愛紐約》、《不赦島》、《幻險巴黎：美女・魔龍・木乃伊》、《社交網絡》，乃至最後的《桃姐》優先場。有票根為憑據，所以記得。

都說時、地、人三者足以構成故事，甚麼時候、在哪間戲院、跟甚麼人（或是獨自一人）看了哪齣電影，記下來，日積月累或者便有了厚度；如此，我們才能言及，自己對一間戲院有感情與否。公共的資料，如戲院的開業日期、影院的數目等等，上網就找到了；唯獨你跟它的交錯軌跡是獨特的、個人的，你不說便無人知曉而終究會煙消雲散的。

當然，問題也來了。如果沒有其他物事的附加記憶，你在UA時代跟在UA太古城看一齣電影，又有甚麼大分別呢？都在商場中佔據一隅，不同商場的空間還可構成自身的獨特性嗎？這也是我們今天談及城市空間同質化的問題，當每間影院、咖啡館、連鎖商店都差不多的時候，所謂「地方記憶」，有時也不過是多收集一個字母符號如UA或JP或MCL或AMC之同質異類罷了。

要為記憶添一點厚度而非純符號性，其他物事有賴被召喚出來。是的，那些年我住在銅鑼灣禮頓道與黃泥涌道交界處，一定是不少晚上飯後一人百無聊賴就近走進UA時代，看了如今還記得的《放・逐》、《死亡筆記》等電影。戲院收容寂寞的遊魂，可當然也有衣香鬢影之時。時代廣場也鋪過紅地毯，當年《無間道2》首映禮就是在UA時代舉行的，導演和演員前來宣傳，星光熠熠，鎂光燈亮個不停。後來馬田·史高西斯改編《無間道》拍成的《無間道風雲》(*The Departed*)，香港的首映禮也是於UA時代舉行的。王家衛的《2046》優先場我也是在UA時代看的，身邊坐了不少相識的人。沒料到的是，如今，UA時代也登上了「2046」的消失列車，等不及《一代宗師》的出場。

UA其他

其實，說到UA「關門」，UA也「死」過不止一次。有誰仍記得金鐘太古廣場的AMC，曾幾何時是UA金鐘戲院（活地・阿倫《解構愛情狂》我是在這裏看的）？UA德福結業，取而代之的是MCL德福？字母呀字母，你把我的腦筋弄得團團轉。難道字母本身就是要提早消滅人的記憶嗎？

UA黃埔，開在一隻船艦狀的商場內，今天又變了何模樣？如是者，好像談不上歷史的「UA」兩個字母，鋪陳起來也有了年輪的印記。UA黃埔屬「前世」的，早已不存，在這裏也曾看過一些電影，今天回想，恍如隔世了。UA沙田屬於我的「舊日子」，在這裏看過《搏擊會》、《一個快樂的傳說》、《美麗有罪》、寇比力克遺作《大開眼戒》、《A.I.人工智能》等好電影。二者跟UA太古城（二〇一七年二月也沒了）有點相近，都是開設於大型密集的中產屋苑商場。如今更「潮」的，應該是與消費主義商場更形影不離的UA MegaBox，以至有關大銀幕、看《阿凡達》不二之地的UA iSQUARE吧。

一雞死一雞鳴，本屬平常，只是時代廣場到底是一個著名地標，而戲院被天價租金的名店取代，又令人從空間的轉換反思，我城是否已被另一股消費力量攻陷而不復是「我城」了。

UA CINEMAS
片名 美麗有罪孽
FILM AMERICAN BEAUTY
SITE SHATIN
PRICE INCL. TAX 連稅
TAX 稅
REMARKS
影院 HOUSE
05:10PM
G13
ADMIT ONE ONLY 每票只限一人
UA CINEMAS
PRICE INCL. TAX 連稅
TAX 稅
REMARKS
影院 HOUSE
09:50PM
G13
ADMIT ONE ONLY 每票只限一人
UA CINEMAS
特
SPECI
ADMIT ONE ONLY
UA CINEMAS
FILM
SITE
PRICE INCL. TAX 連稅
TAX 稅
REMARKS
影院 HOUSE
F13
ADMIT ONE ONLY 每票只限一人
UA CINEMAS
FILM
SITE
PRICE INCL. TAX 連稅
TAX 稅
REMARKS
影院 HOUSE
ADMIT ONE ONLY 每票只限一人
UA CINEMAS
片名
FILM
SITE
PRICE INCL. TAX 連稅
TAX 稅
REMARKS
影院 HOUSE
07:50PM

Janice
Chocolate ice
傻女
男人信什麼
銀都戲院

TO-DAY
下 NEXT CHANGE 期
張栢芝
鄭伊健
林熙蕾
烈火戰車2
極速傳說
出品人 向華強
文雋
劉偉強
譚耀文・任達華
她死了，他還能活下去嗎？
葉德嫻
出品人 向華強 王晶 作品
笨小孩
葉德嫻・譚耀文・關秀媚・柯受良
JOE LEE
張錦程
王晶
陳明英
金
聲
戲
院

五

舊行業

眼鏡攤檔

我們，曾經把身體交託給路邊個體戶。譬如線面（古法美容），譬如理髮，還有配眼鏡。

在連鎖眼鏡店還未盛行之前，眼鏡在流動攤檔發售，攤檔小販有一個名字，叫眼鏡佬。

當然，那還不是近視猖獗的年頭。光顧眼鏡佬的多是上了年紀，患老花眼的。以在眼鏡籮中撿拾，自己當自己的驗光師，看得清楚就可以了，也顧不上花款。以五十度作級跳，差不多先生還有位置。我們以眼睛遷就鏡片，以身體適應環境。俗語說：「粗生粗養。」也不知這些眼鏡怎樣得來，轉過多少次手，眼鏡也可以循環再用，今時今日，難以想像。

後來，當然是環境迎合我們。我們要求精準的、專業的，眼睛是靈魂之窗，不容有失。今時今日，我們把身體交託給科技。眼鏡店必須有專業驗光師，眼鏡佬注定被淘汰。

萬料不到的是，眼鏡佬被淘汰了，末代皇帝溥儀卻借屍還魂，成了高檔眼鏡店的名字。眼鏡早已不僅是必需品，還是時裝品。圓框眼鏡，「溥儀」標誌，有金邊有玳瑁邊，只需消費，人人都可做皇帝。

補煲

語言來自生活，沒有比「補鑊」、「箍煲」、「磅水」等，來得更鮮活了。後來，物事消失，留下了一些術語，成為生活語言，習慣化了，同時也陌生化了，語言繼續說，又每每忘記了源頭。

語言其實是一條時光隧道，如果你夠敏感的話。「補鑊」、「箍煲」、「磅水」，是匱乏年代的記號。因為匱乏，破損了的東西不會動輒拋棄，修補行業涵蓋衣食住行，如補衣、補鞋、補鑊、補煲、磨剪刀、修理木桶、洗衫板、砧板等。

照片中人叫吳源，香港末代補煲佬。多年前，特地拜訪過他，隨他拿着「家生」四處走。一個有趣的老伯，卡片、工作包、制服，一手包辦設計，企圖以現代包裝夕陽，把日頭撐得一時得一時。卡片上，左邊一句口號：「安全是第一，生命最偉大」，右邊一句口號：「無限期補養，免費又好用」。你買他的煲，他給你終身補養。只是，煲無限而生有涯。後來，聽說他病了，未知下落。小人物故事，如果未成句號，大抵都是省略號。

現在，是用完即棄，甚至是未用已丟的年代——即食麵、即沖湯包、即棄隱形眼鏡、罐頭音樂、罐頭愛情。說到底，有誰還願意花錢，保住一個瓦煲的「終身美麗」？

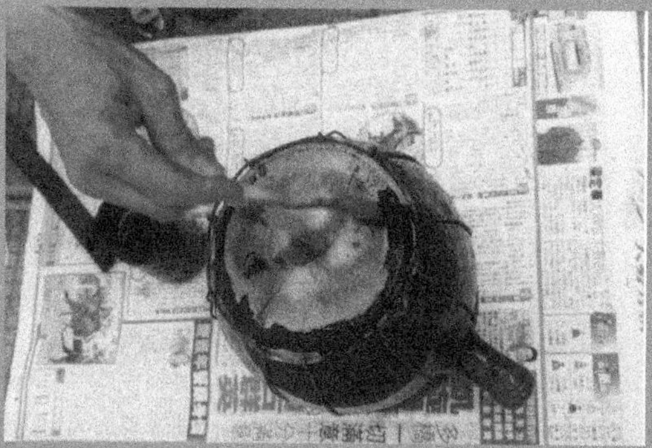

麵粉公仔

民間藝術，沒了江湖跑，生命便完了。所謂江湖，就是街道，哪裏旺場，往哪裏跑。江湖是要跑出來的，不是一個被規劃的「藝墟」（「偽墟」）。

但我們的政府不把江湖賣藝者當藝術家，它把他們當小販，而我們的政府又患了小販驚恐症及迫害症。諷刺是九七之後，政府又常常說：弘揚中國文化。

於是，很多非常有趣的東西，如麵塑（內地又叫「江麵人」、「江米人」，香港叫「麵粉公仔」）、草蜢編織、連環套、中國繩結、民間剪刻等，都漸次銷聲匿跡。

於是，外國大城市即興的街頭藝術表演，真正有質素的，香港幾乎是沒有的。偶爾在街角看到老人擺賣麵粉公仔，但手工很差，買不下手，怕麵粉公仔一回到家，就溶化成麵粉了。

真正的民間藝術師傅買少見少。照片中那一個，叫傅鷺陽，精通各門中國民間藝術，工夫非常到家。為了傳承，為了生存，他將民間藝術轉型為綜合表演藝術，以保存民間藝術的生存空間。至今仍記得他那句話：「人手創造可以發揮純手感和敘述性。」是的，麵塑本是一個表演過程，不是一個個穿在竹籤中的製成品。他贈我的那條龍，我見證他如何拈拈手指，一氣呵成。我在家中放了很久，待它在溶化、龜裂之前。

上海理髮店

門前的三色「花柱」之外，皮椅是上海理髮店的命脈。沒有皮椅，就不成上海理髮店了。那張皮椅好犀利，厚重得來非常靈活，拉動椅棍，可以調高校低，拉前拗後，連椅腳都可以轉圈，如果你坐過，你一定知道。

走進記憶的，其實很多都是小東西，興許這就是生活的細節，而上海人，據說在這方面最是講究。譬如磨剃刀用的皮帶、多用途的白毛巾、給顧客照看背面的圓銀鏡、理髮後在頸背擦上的爽身粉等。當然還有風力奇猛的電風筒，把玩這電風筒，理髮師少點氣力也不行，那你應該明白，何以「單吹」並不便宜。

物料永遠是重要的，假以時日，就成了一個年代的標誌。你看那個付錢的櫃枱，非常厚實的木料，收銀的，名副其實是掌櫃——店內的靈魂人物。還有那些地磚、牆磚，小塊小塊的，青翠碧綠的，帶一種精巧的裝飾美。如此肌理，如此花紋，如今都成了懷舊影像，只存活於光影如王家衛的電影裏。

當然還有人。上海理髮師穿着漿直的白色制服，拿着一把橙啡色的魚骨膠梳，自你後尾枕上梳落，沒有噴髮膠，沒有定型水，頭蠟，於今則免了吧。清一色阿叔阿伯，跟潮流髮型屋金髮盪漾的青春氣息，又自不同。

紅白藍「花柱」

關於紅、白、藍，你想到甚麼？自由、平等、博愛？波蘭導演奇斯洛夫斯基？堅忍積極、靈活變通的香港精神？香港藝術家又一山人？非常簡單的顏色，好不簡單地把法國派、電影派、市井派、藝術派一網打盡。當然，要加個註腳，法國是藍白紅，香港的慣常稱謂，則是紅白藍。

在透明玻璃管內，上海理髮店門前那支三色「花柱」，紅白藍滾捲不息，惹人注目，有動感就有生命。別輕看這小東西，這是世界性的顏色語言，不為香港獨有。紅白藍「花柱」成為理髮店標誌，有說源自法國大革命，有說源自英王於一五四〇年將理髮師和外科醫師合併，紅藍白分別代表動脈、靜脈及紗布，理髮店門前的「花柱」，是理髮師身兼外科醫生的記認。不過，此二典故，時間相差二百多年，不知信哪個才好。

來到香港，它則成了上海理髮店的象徵。上海師傅不是外科醫師，但也身兼多職，洗剪吹外，還剃鬚、採耳、修甲、按摩，何止「飛短留長」，簡直是一條龍服務。

紅白藍走入日常生活，於尼龍袋，於Délifrance，於Paris café，於博物館中。它成了香港標誌，只是上海理髮店已買少見少，門前的「花柱」成了古物，無聲有色地，滾捲着上世紀「南來」歷史的一章。

漢宮髮廊
男 女

髮型

頭髮，栽種於我們動物身體土壤上的植物，與快感無關，與痛感無關，與慾望無關。可它卻是最有可塑性、象徵性和表現性的身體支流。與美感相關，我們樂於把玩。把玩長短，於是有剪。把玩顏色，於是有染。把玩形狀，於是有吹和電。

美感不是絕對的東西，它受潮流形塑。於是，我們有過「騎樓裝」、「夏萍裝」、「長毛飛」、「Matchy 頭」等等。風筒吹出來的風，其實是西洋風、東洋風，所以，別怪上海理髮店櫥窗以「西人」照作招徠，崇洋早是天性。既與潮流緊扣，自然亦與時代相關，不同時代有不同的理髮語言，如昔日的洗剪恤，今天的負離子。

美感不是純粹的東西，還必然與文化糾纏。譬如性別。髮廊如廁所一樣，曾經清清楚楚地，劃分男界與女界。不僅男女，還分成人與小童。現代髮廊是個人與社會之間的中介，你以為你在剪髮型，其實也被剪進髮型之中。

開放的城市，必然對頭髮寬容。統一、紀律、控制常以頭髮開始。如清朝的辮子、軍人的平頭、監犯的剃髮。

頭髮亦與上帝相關。聖經說：就是你們的頭髮，上帝也數算過了。沒有神的允許，一根都不能掉。頭髮蔓生雪蓮，髮絲落下一撮。你不能怪父母，但可以問上帝——何以？

男界
理髮全套 $58
單理髮 $53
單洗頭 $53
剃鬚洗頭 $53
小童理髮 $45
電髮 $200
染髮 $85
女界
洗吹 $48
剪洗吹 $58
電髮 $200
染髮 $120
女仕
洗頭恤髮 42
洗剪恤 68
單剪 63
單恤 40
染髮
焗油
海靈草
小童剪髮
電髮

當鋪

夕陽行業，縱步入式微，一息尚存，還是要追上時代。看看那間當鋪門前的告示——「高價典當手提電話」，又請看看，綠窗之下的印巴文。

當鋪歷年接受典當的東西，記錄着民間生活的點滴變化。值錢的東西，有鐘錶、玉石、金器；衣履鞋襪如西裝、棉被、鞋襪亦接受，成套「老西」，也不簡單。「九出十三歸」，割你一頸血，但當鋪到底源自佛堂「長生庫」，好生積德，也拯救了不少絕路人。

說是名貴東西，鐘錶、玉石、金器，其實都曾是隨身物。《詩經》有云：「投我以木桃，報之以瓊瑤。」瓊瑤，即佩玉，繫在衣帶上，隨手就給掏出來。霍小玉贈予李益的紫玉釵，也是情之所至，隨手拔下，作定情信物，因是隨身物，因此更是珍貴。物件有情，就無從估價了。若連有情物也要典當，窘迫之情，可想而知。典當因而添了劇力。幸好有當有贖，只要不當斷，就有親手贖回之日，是以歌中有唱：「紫釵宜典不宜賣。」

只是手機，典了有誰會贖？分明就是賣斷。當鋪減少，其實典當何曾式微，只是由銀行貸款、私人財務公司、信用卡接棒了，集團式經營，跟錢有關，與情無涉。而走向夕陽的大押，有了不一樣的生命，叫做保護文物。

CHEE PIE YAN WONG YICK CHONG
華安押
華安押
高價典當手提電話

動物招牌學

如果你喜歡，你可以在香港半空中看到很多「動物」，譬如鱷魚，譬如雞仔，譬如飛龍——當然不是活的，我說的是店鋪招牌。

差點看漏眼，還有蝙蝠。當舖門外懸有葫蘆形招牌，圖形是倒吊蝙蝠含着一個金錢，金錢上寫上一個「押」字，全行通用。這些蝙蝠，不會發出超聲波，不會傳播伊波拉病毒，拍翼不能飛，日間與夜間常在，荷里活《蝙蝠俠》來香港取景，想添點中國異域情調，又懂得一點「動物招牌學」的話，當舖不可錯過（結果卻是看中我們的IFC）。

真是中西文化有別。由於容貌醜怪、晝伏夜出，蝙蝠在西方文化是邪惡的象徵；蝙蝠俠在荷里活幾個超級英雄中，陰暗面就是最重的（是以也是最吸引我的）。在中國，「蝠」與「福」近音，蝙蝠因而成了吉祥物，象徵幸福、福氣。中國人講意頭，特別愛玩諧音。可有看過「五福捧壽」的中國吉祥畫？五隻蝙蝠一致面向中心的「壽」字；五福者，長命、富貴、健康、樂善好德、平和善終也。

當舖門前那個蝙蝠招牌，也是中國傳統文化。不僅求福，當舖名字也多康泰，如德榮、華安、仁泰、和昌、同昌、泰昌，特別好一個「昌」字，寄語昌盛興隆。

有中國傳統特色的招牌買少見少了；至於倒吊蝙蝠，也命懸一線，死一隻沒一隻，在城市中，成為另類的「瀕危絕種生物」。

和昌大押
和昌大押
WOO CHEONG PAWN SHOP
和昌大押
和昌大押

大押

當舖，曾經是民生不可或缺的部分，若干少數，今天成了文物保護項目。一幢式的茶樓、戲院、大押，所餘不多了，空間是香港最昂貴的東西。

作為文物還好，作為點綴物、裝飾品，則意想不到。赤柱美利樓，混入了高街「鬼屋」的煙囪和同昌大押的石柱，在香港政府奇特的創意思維下，中西合璧被演繹成東拼西湊。美利樓原址在金鐘中銀大廈，同昌大押原址在今天高聳入雲的朗豪坊。金鐘、高街、旺角、赤柱混作一團，一次時空的大挪移。

時空大挪移吸引了一班 Lolita 少男少女前來拍照。日、英、中於赤柱相遇，一字排開，我剛好路過。

同昌大押支離破碎，和昌大押的命運可要比它好。多得市建局和地產發展商，灣仔和昌大押給全幢保留下來，髹上淡黃色的新漆，如老人家換上新皮膚，納入了高級食肆 J Senses 的一部分。這樣也好，生意昌隆，確乎是同昌和昌。

高級食肆侍應可以打扮成朝奉先生，以當舖沿用的傳統書體，用當票落單；那塊「遮醜板」可以用來做廚房的掩門；客人可以親自到高高的櫃枱踮起腳付賬，埋單欠錢可以放下手錶。可以這樣就好，食來必更有歷史風味，我胡思亂想，也算是發思古之幽情——不可當真的。

報紙檔（上）

有誰想到，報紙檔在香港的起源，與反清革命有着密切關係？記者出身的莊玉惜在《街邊有檔報紙檔》一書中，給我們考究出最早幾個報紙檔的出處。第一、二個在一九〇四年先後出現於中環花園道纜車總站及太平山纜車總站，由當時創刊不久的反清親英報章《南華早報》開創先河。翌年，《南華早報》向政府申請於卜公碼頭（現環球大廈對出干諾道中行車隧道入口處）設第三個報紙檔，着力在黃金地段以報章零售方式，散播革命信念和增加收入。作者爬梳大量的歷史檔案如憲報、行政報告、殖民政府官書信等，不僅鋪陳史料，還立體地將故事重構，娓娓道來辦報救國的理想、商業利益的考慮、殖民政府的官僚作風和權力運作、報紙檔的選址和設計特色等等，在在都是重要但為人忽略的文化史。

就以以上三個最早的報紙檔來說，其選址就耐人尋味。花園道位近港英殖民政府總部，太平山山頂明顯更易通達居於半山的外籍居民，到於遠洋輪船抵港的卜公碼頭落戶並擴充，針對海外遊客為目標讀者群，就足見報章集團的心思，一步一棋，不容有失。第四個《南華早報》報紙檔設在中環鬧市，逐漸發展至尖沙咀（該報甚至有專把報紙從港島運至九龍的專用舢舨「南華早報號」），誠如作者所言：「兩地共通點是均設有供遠洋輪船上落客點及大量洋行，同為接觸外國人的好地方」，報章集團如何將報紙檔在軍政及商業核心地帶「插旗」，可見一斑。《南華早報》報紙檔的面世，為百年來報紙檔及報章銷售在香港的發展，立下遊戲規劃，直至一九五〇年新政策出籠，專售模式才開始改變。

THE WALL STREET JOURNAL

South China Morning Post
South China Morning Post
South China Morning Post
British

報紙檔（下）

報販是小販中的一個特有類別，莊玉惜在《街邊有檔報紙檔》一書中有所記述。據該書說，一八七二年，「小販」首度被列作職業，記錄在香港人口統計報告。一九一六年「報販」始被首次分類，「一九一六年七月十三日發表的政府公告第三百一十號，首次對銷售報章的小販作出規管，限令必須領取為他們特別而設的報販牌，牌照規定只准售賣報章。據知，除了報販外，未見當局為其他小販，訂立專用牌照」。從此，香港社會正正式式出現了「報販」這群街頭「遊牧民族」，他們看準的街角位置，本就反映小販的民間智慧，可自足成一段豐富的人文地理歷史。譬如說，人流暢旺的交通樞紐位置，特別是碼頭、巴士總站，幾乎必有報紙檔這「配套設施」。唐樓牆身與「大騎樓」，曾經是報紙檔的穩固「靠山」。茶樓酒樓亦曾是報販的必爭之地。

及至後來，我想到中環天星碼頭清拆前夕，通往碼頭及大會堂隧道的一列報販成為市民爭相拍照的對象，不幸鎂光燈卻真的將他們「攝」去了（現在他們都往哪裏去了？）騎樓底買少見少。一整幢茶樓跟一整幢戲院一樣，愈發在城中銷聲匿跡。尖沙咀天星碼頭巴士總站等待搬離，那兒可買到大量外國報章雜誌的報紙檔又勢將絕跡。連鎖便利店不斷衝擊小本經營的報紙檔。若不想我城遲早又多一樣「消失的集體回憶」，我只能在此呼籲，每逢買一份報紙或雜誌，在街邊報紙檔與連鎖便利店之間，請作出你的明智選擇。

RESTAURANT

SALEM

綠色排檔

經過中環嘉咸街、灣仔交加街、旺角花園街等，我們會常常看到一個個綠色排檔，我們也許路經，也許專程光顧，但很少嘗試了解其中的故事。由聯區小販發展平台出版的《悠悠綠箱子——排檔小販的故事》，讓我對小販、排檔的過去與現況，了解了更多。

譬如說，當今天一些城市管理者奉「沒有小販的都市」為文明理想圖像，動輒將小販、排檔說成「阻街」、「不衛生」、「沒交租」時，如此「污名化」卻非由來如是。一九二一年前殖民政府引入小販牌照分類制，給固定和流動小販分別發「大牌」和「細牌」（「大牌檔」此名，其實不限於現在一般以為的戶外熟食檔）；在早年社會還處於貧窮階段時，排檔不僅不是「文明障礙物」，還有所謂「恩恤發牌」，一些退役公務員、殉職警員家屬獲優先發牌以讓其渡過難關；至後來社會漸趨富裕而社會福利制度亦相對獲得改善後，小販牌照才不再被視作扶貧及基層就業措施，可見一些加諸於小販身上的「污名」，根本不是其固有本質。而在執行規管方面，我們亦見其中政策和手法亦非單純因小販而定，而實與社會其他方面如警察形象、城市管理主義以至「地產霸權」等密不可分。六十年代以前，直接拘捕無牌小販的工作由警察部負責（負責直接拘捕小販的差人稱為「狗王」），六十年代為改善警隊形象才成立小販管理隊（仍附屬於警隊之下），至一九七五年有關工作才納入市政局門下，由「一般事務隊」接手，至一九九五專業化為「小販事務隊」，再至二千年殺局，小販事務隊轉入食環署門下，原先的編制進一步「專業化」（如原先的「管工」正名為「小販管理主任」)，行「目標為本」政策。管理主義由官僚體系深入至城市空間規劃，庶民眼中的「悠悠綠箱子」，在「城市潔癖者」和執法者眼中，便只能成為有礙觀瞻，靠收緊發牌制度與加強監管兩邊包抄之下，任其被時代「淘汰」，逐漸步入夕陽的消逝之物。

幸福辦館
幸福辦館

春秧街98-100號

珠寶

六

吃

龍鬚糖

一些名字是有故事的。如龍鬚糖。倒不是說它像龍鬚，龍鬚是何模樣，到底無法想像。龍，代表皇帝，內有典故。鬚，是拉出來的絲，內有影像。據說這民間小吃有二千年歷史，與龍拉上關係，據說是某某皇帝（一說是正德皇，孰真孰假，還有重要性嗎？）遊民間時，發現了這種美食，大為喜愛，帶回宮中，取名「龍鬚糖」，名字就一直沿用至今。

那名字本來是有現場感的。像表演拉麵般（現在更多是供老外欣賞），師傅從糖膠中拉出糖絲，恍若把玩着一匹稀薄絲綢，糖絲變白，加入餡料，拉製過程，就是一場表演。當製成一件件東西時，那已經不是龍鬚了。

現在買龍鬚糖，會否像《新不了情》中，袁詠儀叫劉青雲到街邊給她買砵仔糕一樣困難？

朋友說，你跟不上時代呀。君不見市面上有一種冰脆龍鬚糖，禮盒裝包製，粒粒人手製造，保鮮期還長達一百二十天嗎？

我知我知，但我說的是現場感，不是保鮮期。保鮮的東西總令我想到防腐（事物之一體兩面），龍鬚糖也不應是冷藏的。至於是否人手製造，當過程不被看見，其實，也許，已不太重要了。麵粉公仔插在竹籤上，龍鬚糖裝進禮盒中，叮叮糖包在膠袋內，過程隱去，我們以 package（包裝）取代了 process（過程）。

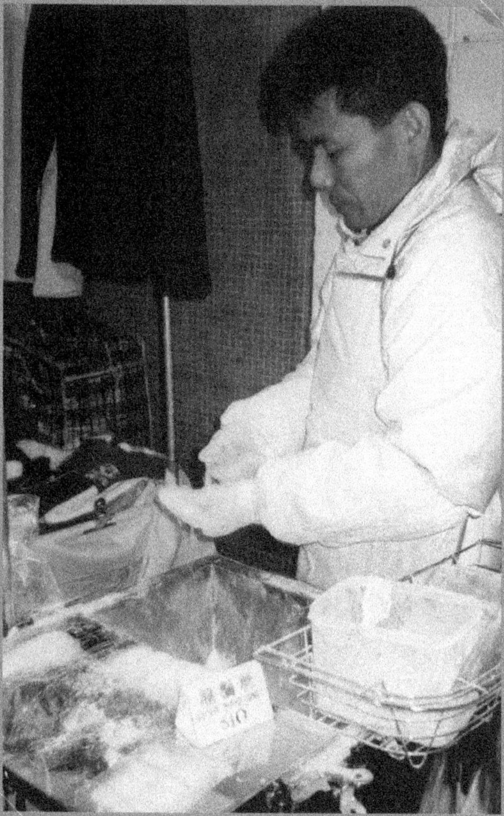

叮叮糖

如果龍鬚糖因曾被皇帝垂青而沾了點貴氣（絲一樣的貴氣），那叮叮糖（又名叮噹糖），便徹底是平民的（石一樣的粗糙）。

張愛玲喜歡聽電車的叮叮聲，可沒說過，是否也喜歡聽叮叮糖的叮叮聲。兩種叮叮聲，哪一種更清脆？

是的，如果龍鬚糖攜帶着影像（像拉麵般，因此又叫麵線糖），那叮叮糖便盛載着聲音。

叮叮糖其實是芝麻混薑味的麥芽糖，一片一塊，質地堅硬。街邊小販在售賣叮叮糖時，總是低着頭，用鑿和鎚子，把盛在鉾盆上的糖塊敲碎。為免糖片黏在一起，小販會在糖身上潑一些生粉，小孩子看到，還以為是甚麼神奇的粉末。

到後來，鉾盆沒有了，過程隱去了，叮叮糖預早被包在透明膠袋內。金屬器具還握在手中，可那金屬器具發出的聲音，卻純粹成了吸引路人注意的叫賣聲。

一天，赫然在旺角彌敦道看到一個老伯售賣叮叮糖，那虛弱無力的金屬敲打聲，淹沒在鬧市的人聲鼎沸之中。叮叮糖就在蜜斯佛陀前面，如此畫面，也算得上後現代。

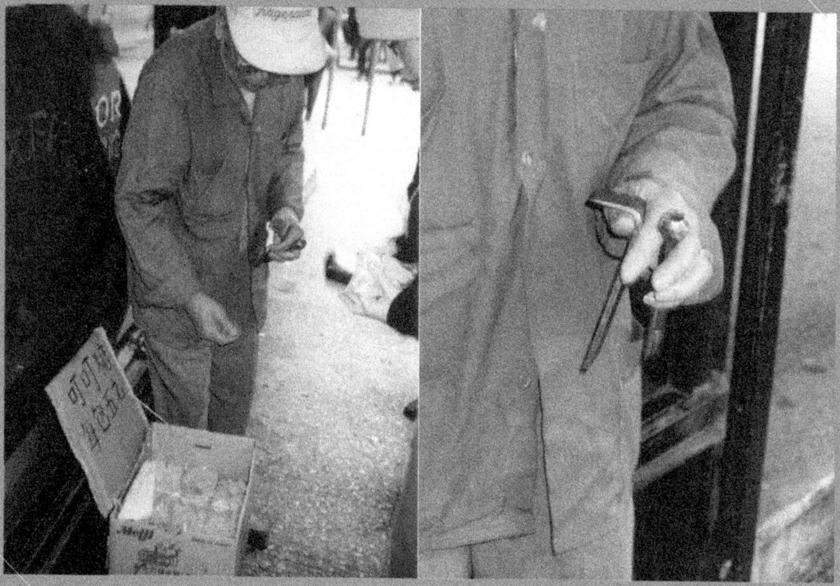

棉花糖

「當我沉默着的時候，我覺得充實；我將開口，同時感到空虛。」失敬失敬，魯迅先生，竟剽竊了你的話，用來形容吃棉花糖的感覺。

真的，有甚麼比吃棉花糖更虛空？那麼大捆，你看着以為很實在，才一含，即融化掉，只剩一口甜耶。

那快樂其實來自等候的過程。看着棉花糖師傅把糖粒撒進機器中，糖絲吐出，木籤轉動着猶如一枝神仙棒，捲呀捲無端生出一團球狀來，看在孩子眼中，這未嘗不是魔術。由無到有，吃着的時候，又似有還無。

那甜其實甜得很單薄。令你雀躍的也許不是味道，而是色彩。粉紅色、鮮綠色，可以逗樂孩子的，一個色彩繽紛的世界。

然後，某一天，你發覺你不愛甜食了。你開始厭惡黏纏的感覺（很麻煩，吃了要洗手）。對於色彩，你的敏感度也降低了。你不再把棉花球當成水晶球。

然後，某一天，你忽然憶起吃棉花糖的感覺。那感覺總牽纏着甜味、顏色、陽光，和一點點節日氣氛。可是你找遍每個街角，卻找不到棉花糖的蹤跡。你開始懷疑，連那感覺，都是虛的。你開始明白，甜美生活就像棉花糖，當你嚐到了，才知道原來是一口虛空。

由是，我們的日子過得更像嘉年華。

維他奶

如果可口可樂代表全球化、高糖分，對我來說，維他奶的涵義要豐富得多。誕生於抗日戰爭時期，曾是「窮人的牛奶」，其實是鮮奶代用品，強調「解渴、營養、充飢」，以儒商精神創業，到我初識維他奶時，它已經是「點只汽水咁簡單」了。

是的，小時候，最早開啟我對「本土」和「來路」（舶來）意識的，是維他奶。沒汽 vs. 有汽，維他奶的玻璃樽蓋，叫水松蓋掩，不叫荷蘭水蓋。

溫拿三十幾回轉，有沒有轉出你年輕時的「點只汽水咁簡單」？從廉價營養飲品向年輕化轉型，由「令你更高、更強、更健美」到「點只汽水咁簡單」，當年的「廣告代言人」就有溫拿樂隊，還有蕭芳芳，如今都一把年紀。年輕一點會記得的士高，再年輕一點會記得「童年的你，一定天真可愛」，再年輕一點會記起爺爺送別孫兒的「朱自清背影」。一種飲料，就這樣與社會、成長及溫馨聯繫起來。

我喜歡飲的麥精，在一九七五年上市，那年出現紙包維他奶。世界愈來愈輕便，「按樽」成了一個過去式，只是，每次在天寒地凍的日子，仍有衝動買一枝熱燙燙的樽裝維他奶。不過，也不易找，而地球暖化，天寒地凍的日子，好像也少了。

維他奶
維他奶

維他奶
維他奶

維他奶

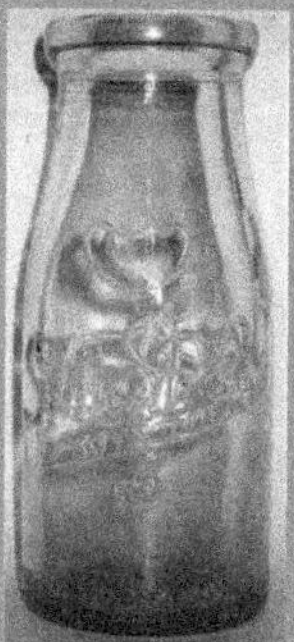

生抽王

「開門七件事，梗有生抽王」。如此老式的人手繪畫廣告，如今絕跡城市了。

開門，即開始家庭一天正常運作之時；持家之道，離不開日常生活七件必需品：柴、米、油、鹽、醬、醋、茶。生抽王，豉油的一種，跟老抽成一對，不可或缺。

開門七件事，又真的令我想到「打開門口」。是的，在昔日還有街坊鄰里關係的年代，一旦遇着缺鹽、缺油缺甚麼的，尤其正好在做飯的時候，是真的可以拍拍人家門口，問鄰居借用。我問人借過，也借過給人。這是街坊鄰里還會串門子、守望相助的年頭。現在，你試試拍門問人家借豉油，如果不關門大吉，恐怕要被報上精神病院了。

「味道鮮美，想點就點」，好一個「點」字，一語雙關。沒料到多年後，豉油在中國這個大化學實驗場真的是「想點就點」，用頭髮煉製都可以。有此驚魂，怎可不驗明正身？

自宋朝以來，已有文人雅士以開門七件事為題，作詩吟歌，我卻一直記得小時候胡亂讀到的一首佚名七絕：「琴棋書畫詩酒花，當年件件不離它，而今七事皆變更，柴米油鹽醬醋茶。」頗庸俗，但不失逼真，到後來，你曉得。

生抽王
味道鮮美 想點就點

豬油廠

住在西區的，也許還記得圖中那首打油詩：「歷盡滄桑數拾載／各行昔日甚興旺／銀行飲食滿林立／人潮洶湧四方來／巴士電車無位上／當時興盛勝塘西／環境規劃須重建／各副食品要搬遷／房協無力拖九年／各業開始不如前／土發接手來收購／住宅業主有安居／地下舖主冇樂業／繼承祖業貳拾年／環保規劃要犧牲／清拆被迫要結業／血汗前途盡喪失／老邁依靠無生計／賠償個案要分明／土發高官應有責」。

明明控訴，業主卻說「向土地發展公司致敬」，抵死的民間幽默，值得記進市區重建的軼事一章。

由右至左的書法體紅漆招牌、地主神龕、通花鐵閘，照片中盛載着很多舊東西。店舖的名字「海有」，也明顯是舊式的。海有大浪，大浪由土發而起，「土發」亦已成過去。

豬油廠每日從鮮肉食檔收集肥豬肉、豬皮和腸臟等有機物料，用以提煉豬油；沒被收集的，則被運往堆填區當廢料處置。如此說來，豬油廠也是廢料再用，但現實是，它不僅步向夕陽，還被視為厭惡性行業。沒有土發迫遷，這份祖業也是難以守下去的。今天樂活族用的是橄欖油，那凝固如白色乳狀的豬油，如髮乳一樣，無人認領。有趣的是，昔日窮人家的豬油撈飯，今天卻成了食肆的招牌菜色，食家蔡瀾誠意推介，在九龍城可以吃到。

海有豬油

加多近街15-17號地下

星星果

天上的星星，與太陽相背（以人的眼睛來看），圖中的「星星」，卻吸取日月精華。

「星星」掉落人間。是大澳人家曬製中的楊桃乾。把楊桃削去稜角邊，橫切呈五角星片狀，鋪在竹�箕上。日曬是最古老原始的方法。如此景象，看在異鄉人眼中，成了一種美的圖案，乍看，竟有幾分像荷蘭畫家 Escher 的圖案畫。

日常生活的「蔬果2+3」，我們很少想到楊桃，它彷彿只是伴月的生果。中秋時節吃的楊桃是甜楊桃，加工楊桃乾則採用酸楊桃。甜楊桃多汁，生津止渴，味淡，並不特別美味。楊桃乾製成蜜餞，味道則又嫌太膩。

楊桃的新奇，對我來說，更多是視覺上的、形狀上的。

所以，我特別記得小時候玩的楊桃燈籠。點上蠟燭，眾燈籠中最光亮的，就是它。

是的，有那麼的一種水果，形狀如此特殊，生澀時翠綠，成熟時鵝黃，橫切面恍如五角星。因其形狀，英文稱它為「star fruit」。摘星摘不到，不如摘一顆「星星果」。

曬鹹魚

春生夏長秋收冬藏。生曬、醃製食物的出現，最初是為了保存。

鹽和光是好東西，中國人很早已明白這道理。日曬法乃保存食物的古法。我們因此有了鹹魚、蝦醬、鹹蛋黃、蝦乾、菜乾、魷魚乾……

塗上鹽，把食物放在太陽下乾曬，就熬出不一樣的味道來。也算是神乎其技。

生曬食物中，鹹魚是頂級之王。鹹魚曬在陽光下，被一張小白紙包着魚頭，是「冇眼睇」，還是怕被蒼蠅吃掉了眼睛？

鹹魚甚至深入至我們的日常用語。「鹹魚翻生」，「食得鹹魚抵得渴」，阿 Lam 唱的「鹹魚白菜也好好味」。是的，鹹魚，以前是窮苦人家的食物，現在當然矜貴多了。當然還有星爺的「古語」：「做人如果冇夢想，同條鹹魚有咩分別呀？」

曾幾何時，鹹魚可以整條買、斷截買（魚頭、魚身或魚尾），馬友、鱠白、包滑，任君選擇。光顧鹹魚欄之外，在陽光還大把地曬進尋常百姓家的日子時，人們在騎樓、陽台曬果皮、曬鹹魚。說起來，鹹魚的失落，也與我們的居住空間有關。

很久沒吃過梅香鹹魚。西環的鹹魚欄還剩多少？

營養專家說，日曬食物不健康，不好多吃。但鹹魚雞粒炒飯，還是一時的心頭好。上環牛記茶室的蒸長洲三寶（蝦乾、魷魚乾、銀魚仔）也是一道好菜式，某年某月我吃過，沒有了。

蝦膏

誰說影像只有線條、形狀、結構，它們還可以散發——氣味。

在竹筲箕上那一餅餅啡色東西，就是蝦膏。

我們現於超市買到的，多是一罐罐製成黏稠狀的蝦醬。將蝦醬乾曬成塊狀的，稱作蝦膏，要買的話，最好到大澳水鄉一趟。

法國三大美食：松露、魚子醬、鵝肝醬；對不少香港人來說，鹹魚、蝦醬、蝦乾，不下於它們。

是的，我明白，在這個講求foodcare的年代，這「日曬三寶」，不好多吃。但偶爾讓我們放下健康的迷思吧。難道你捨得從此沒有了蝦醬炒飯、蝦醬通菜、蝦醬爆鮮魷？

那真是奇特的東西，你如何向老外描述，蝦膏的味道？（老外看到蝦膏上打圈圈的蒼蠅，可能給嚇跑了。）

但這幀照片，對我來說，「刺點」卻在竹筲箕背後那一對孩童。他們手上拿着甚麼玩物，叫他倆渾然不覺濃烈的蝦膏背景味道？但想想，那根本是他們成長的氣味，習慣化了，又怎會覺得刺鼻？愈簡單的玩意愈有創意，他們不是城市的孩童，只玩手機或者電玩。

大澳漁業式微，島上只剩下一所公立學校。有朝一日，孩童將離開他們的出生地，但蝦膏的氣味，將蝕入記憶，隨身而攜。

便利店食物

個體戶消失，轉眼間我們竟也漸漸從連鎖店中提取集體回憶。譬如香港人稱「七仔」或「些粉」的便利店 7-Eleven。不止一代人第一口嚐的「沙冰」，便是由其獨家研製的「思樂冰」吧，尤其在炎熱季節，「思樂冰」入口涼快，確是消暑佳品。在麥當勞於軟雪糕市場上分一杯羹前，除了在街邊「邂逅」富豪雪糕和流動雪糕檔（俗稱「雪糕仔」），要吃一支軟雪糕，「梗有一間喺左近」的便利店曾是方便之選。後來也許利潤不高，軟雪糕在便利店中亦消失了。

由此我又想起便利店的「微波食物」。像我這些八十年代升上初中的一代，八十年代微波爐還不是家居廚房常備設施，第一次見識微波爐的威力，便在中學放 lunch 時，幾個同學在便利店買來幾盒微波爐食品，按照包裝上面標示的不同熱度數字，即時「叮熱」進食。才幾十秒至一分多鐘，打開微波爐門，見方才放在冰箱的食品頃刻熱氣騰騰冒出煙來，腦內聯繫到不久前從初中物理學課本學來的「分子共振」原理，很有點學以致用的感覺。後來家家戶戶都有微波爐，微波爐食品也見怪不怪了，而便利店食物也隨時日轉型，原先由流動小販提供的魚蛋、燒賣等，由於政府嚴苛的小販政策而買少見少，街頭的小食紛紛進入店鋪，便利店也把其中一些收納門下。除此之外，便利店看準打工仔趕時間快速「醫肚」的需要，原先由茶餐廳提供的奶茶、麵包，便利店也推出優惠套餐。由此我們看到城市中食物與食物空間的流變，便利店把流動小販和茶餐廳一些小吃轉移吸納，與此同時，原本賣速食的麥當勞又向品味文化（taste culture）轉型，如開闢 McCafé 在盈利更高的咖啡消費上分一杯羹；作為消費者的我們購買食物以為自己也在選擇食物場所，其實一些場所的改變卻是大於個人選擇，而與社會和時代變遷密不可分。

VITA TEA
vitasoy

牛記茶室
NGAU KEE Food Cafe
Tel: 2546 2584

民園麵家
Except for access
不在此限

粒粒雪糕
THE ICE CREAM DREAM

七

看不見的人

平安小姐

香港出過不少深入民心的漫畫人物，其中一個，平安小姐，出自前殖民地政府之手，是最早的清潔部P.R.及衛生大隊長。

把「平」字畫作漫畫人物臉孔的眼耳口鼻，「安」字則變成一個女性的身體，從兩個漢字入手，簡單即是創意。

平安小姐誕生於一九五八年，六十年代早期退役，我對她的認識，還是從書本和展覽而來。那個年頭，衛生環境惡劣，白喉、霍亂、鼠疫、肺病橫行，衛生真的與性命攸關。改善衛生，保你平安，匱乏年代，一般人求的不過是，平安是福。與平安有關的，還有平安米、平安包、平安油（可記得百年老字號依馬打四季平安油？），和後來給長者用的平安鐘。

平安小姐話：「請用手巾仔。」

平安小姐話：「口水切勿亂吐。」

平安小姐話：「沸水浸碗碟，病菌便消滅。」

許多衛生常識，其實不過是公德。

想不到多年後，政府還是要勸喻市民，打噴嚏要掩口、小心飛沫。董太喬裝平安嬸嬸說：「千祈千祈千祈，洗手洗手洗手！」

今天，我們又擔心過濾性病毒、有毒食物。或者要找平安小姐出山，作中港衛生親善大使。是的，「平安」二字，繁簡共通，只怕又有誰投訴：平安小姐，有性別、年齡歧視之嫌，政治不正確呀！

平安小姐話：
沸水浸碗碟
病菌就消滅

垃圾蟲

平安小姐是五十年代產物，垃圾蟲則是七十年代標誌，雖橫跨不同年代，合起來，我們看到前殖民政府的手段，如何軟硬兼施、正反包抄，既做正面宣傳，又做反面教育，一面循循善誘，一面嘲諷揶揄。

平安小姐人見人愛，垃圾蟲則人見人憎。配合其他宣傳語句，如「切勿淪為垃圾蟲」、「亂抛垃圾，人見人憎」，垃圾蟲迅即成為反面人物。公共衛生搞形象戰，早在控煙運動幾十年之前，只是當時未燒到煙民。

女性總是討好的，平安小姐形象正面，反過來，垃圾蟲則是一隻動物，將隨地亂抛垃圾的人稱為「垃圾蟲」，即諷喻其為一頭動物，既是動物擬人化，又是人的動物化，「反面人物的醜惡形象」，在造型設計中已考慮周全。平安小姐源自漢字的創意思維，「垃圾蟲」則來自英文 Litterbug 的翻譯。兩者原來也中西有別。是的，負責設計垃圾蟲造型的是當時一個英籍高官——香港政府新聞處藝術總監許敬雅。

有趣在，明明是可憎的動物，垃圾蟲竟然成了玩具。西西小說《我城》中提到玩具店櫥窗擺放着兩件最暢銷的玩具，「其中之一是一隻有四隻腳趾滿身圓斑的垃圾蟲」，寫的正是牠。還有另一篇〈宇宙奇趣補遺〉，其中垃圾蟲更榮登主角。集體回憶熾熱，今天拿垃圾蟲來拍賣，想必有價。

切勿淪為
垃圾虫
清潔香港

老大姐

「人在做，天在看！」原來二十多年前，香港已有一個「老大姐」。年紀不太小的，應該會記得這雙厲眼吧。

當垃圾蟲從反面人物變成暢銷玩具後，它的功能亦由醜化變成滑稽化了。唔係跟你講玩，清潔運動也要強政勵治，於是香港政府於一九八一年創出這對向垃圾蟲怒目而視的眼睛，配以「亂拋垃圾，人見人憎」的語句，強而有力，直斥其非，起碼，比現在流行的甚麼「溫馨提示」，來得沒那麼虛偽。

「老大姐在看着你！」做錯事，的確是會心虛的。那雙眼睛其實不是實體的。小時候也曾隨地拋垃圾，純為小孩子惡作劇，拋的時候，會疑心四周有沒有人看着自己。

清潔大隊長，多年來，不是動物（清潔龍、垃圾蟲），便是女性（平安小姐、清潔小姐）。這雙厲眼，也來自一個女子，威嚴得來其實很美，那分明是一雙外籍女子的眼睛（平安小姐、清潔小姐則是中國女性），嗯，想想，一個眼神，隱隱然也有殖民味道。

今時今日，在香港，仍偶爾見到「老大姐」的眼睛，如在圖書館中。作用卻完全不同了。不再是阻嚇人別拋垃圾或隨便吐痰，而是叫大家小心自己的財物，慎防盜竊。「清潔大隊長」變成「紙板女實Q」，說來也是與時並進。

亂抛垃圾
人見人憎

小心看管自己的財物

女皇頭

郵票中的那個女皇頭，就是海倫．美蘭扮演的那個英女皇嗎？我們曾經在她背面吐唾液，不是舐犢情深，也沒有不敬之意，不過是糊郵票。一九四〇年，還是少女的伊利沙伯二世，在電台廣播中談及自己的嗜好：「我很喜歡集郵！」若干年後，她自己卻成了被收集的對象。

現在，這款郵票當然不通行了，郵票幣值也上漲了。有趣在，市面上仍流通着女皇頭的大銀，每拿到一個，我就留着不用。猶如巡行和匯演，你眼光只接觸佢側面。大銀上女皇露出右側面，與郵票的正好相反，但髮型與表情倒是一樣的。

記得小時候閒着無聊，有時會拿出一張薄紙，按在大銀上，以鉛筆塗擦，看着女皇頭像一點一點地浮出白紙上，沒有特別敬意或惡意，只是原始玩意。

女皇頭像，在某些躊躇的時刻，還可指點迷津。「公」還是「字」，機會一半一半，將命運的必然，付託給拋擲的偶然。變了洋紫荊花後，我就很少擲大銀了。或者，已沒有那麼多抉擇需要做。

當然還有電視台深宵打烊後的女皇頭，提醒你一天完了，是時候睡覺了。「各位觀眾，本台今日安排嘅節目經已全部播映完畢，多謝各位收睇，喺六點五十分再見啦！」是的，全部播映完畢了，明天的六點五十分將不一樣。知己一聲拜拜遠去這都市，連同曾經鑲嵌在郵票上、硬幣上，與公仔箱中跟大家道晚安的「西洋頭」。

$1
香港
HONG KONG
$1.20
香港
HONG KONG
$2.40
香港
HONG KONG
$2.40
香港
HONG KONG

QUEEN ELIZABETH THE SECOND

皇后之旅

你從域多利皇后街出發，旁邊有一座廢置古跡中環街市。域多利，即維多利亞，維多利亞是女皇，不是皇后。誤會就在路邊。

皇后大道中有一間皇后戲院，皇后戲院愈縮愈小，終歸於無。不遠處有一個皇后像廣場，廣場上的皇后像，日治時期不見了。走過愛丁堡廣場有一個皇后碼頭，皇后碼頭前途未卜，後來也不見了。

從皇后大道中走到皇后大道東。皇后大道東上無皇宮，古廟倒有一座。拐入愛群道，有一間維多利亞中學。由此你想起伊利沙伯中學。

果然不遠處就座落另一個女皇。走到灣仔道，你走經伊利沙伯體育館，人們只管叫它「新伊館」。不遠處的告士打道上，有一座伊利莎伯大廈。以昔日「事頭婆」命名的，還有九龍半島的伊利沙伯醫院。

走到希慎道，你光顧了老字號皇后飯店。吃着菠蘿火腿扒，想起《阿飛正傳》，旭仔與繼母講數，但戲中的皇后飯店，當時還在利園山道。

飯店會搬家，女皇銅像也會。皇后像廣場那個，去了維多利亞公園，人們只管叫它維園。一群維園阿伯指着銅像罵：「通通都是殖民餘孽。」你問阿伯來自何方，阿伯大聲說：「北角英皇道！」

QUEEN'S PIER

皇后飯店

王妃留影

是甚麼體壇盛事都忘記了，只記得當中的人。張德培那時還未退役，還未賣生髮水廣告。彭定康還未脫「千古罪人」之名，偶爾還吃他的蛋撻。而戴安娜，相片中的主角，還未與查理斯離婚，尚在人世，沒有人料到，兩年後，她魂歸天國。香港，只此一次，在維多利亞公園，末代球手遇上末代港督，末代港督遇上末代王妃——當然，王妃繼續會有，但不會再有一個——令女皇頭痛的「人民的王妃」。

多少個句號預早寫在這幀照片中？體壇的句號、政治的句號、生命的句號。還有煙草的句號。細心看看背景，Salem Open’95，香煙贊助體壇活動，達官貴人齊齊捧場，在邁向「無煙城市」的今天，沒可能再發生了。煙飛煙滅，香煙徒剩污名。

照片的「刺點」，忽然落在戴安娜手中的紅色紀念品上。那是甚麼東西呢？拿放大鏡看，看到紅十字章和一個紅十字軍。那一定是紅十字會有份參與的慈善活動。慈善、體育、政治、煙草，曾經結合得如此緊密。春光明媚，已是絕唱。

那天天氣很熱，陽光猛烈。你說你喜歡戴妃我因此千方百計給你找來這幀照片。何解後來會歸還我手，是因為你說，看到這紀念品就傷心了。人說天妒紅顏，你說不，是粉身碎骨。

快富街，一個拾荒者

快富街是街，拾荒者是人，兩者相交一起，於是你在街角，與反諷擦身而過。要撿拾多少紙皮才可能會致富呢?快富街上的拾荒者可有想到?

彎腰、低頭，是拾荒者的慣常姿勢，如此的佝僂，屈曲地在廢物中尋找寶藏，人棄我取，把紙皮摺疊好，盛在木頭車上，一兩個蘋果箱則打開來放置報紙，可能有你剛才丟棄的那份。路牌標示不許車輛駛過，木頭車可算是車?

背景的舊式鞋店櫥窗，井然有序地展示光鮮的鞋子。拾荒者不是赤腳的洪七，也需要穿一雙鞋子，但不用是光鮮簇新的，因為沒多久鞋子總會磨蝕，破爛一如其他破爛物。是的，行走是拾荒者的基本，在這個城市，他們都是個體戶，又多是老人家，令你聯想到邊緣人、弱勢社群、零餘者。零餘者付出生命的剩餘力氣，榨取物件的剩餘價值，讓過剩的堆填區填滿得慢一點，再慢一點。來吧，各位鞋店顧客，有空鞋盒就掉出來吧。

快富街其實亦與快富無關，fife，指軍樂隊中的笛子，中文叫做「快富」，不過是以譯音之名，給凡人寄託一個，近乎虛幻的想望。

Street

柏麗購物大道，一個拾荒者

拾荒者不僅出沒於舊區、橫街巷尾，還現身於繁榮的消費區。那麼寬闊的購物大道，那麼亮麗的玻璃櫥窗，你幾乎可以對拾荒者視而不見，如果你願意，如果你習慣。

同樣地，拾荒者也與櫥窗無干，與途人無涉，她推着她的手推車，在三百米長十米寬的大道上，跟路旁的古榕樹比劃年輪。她不知道，她的出現，顛覆了柏麗購物大道的意義。

我們都把城市浪遊人浪漫化了。其實，他們在城市浪遊人鼻祖——德國猶太裔思想家班雅明筆下，與拾荒者、政治密謀家、波希米亞人、流浪漢及喬裝打扮的妓女混同。甚至還包括文人——「詩人為尋覓詩韻的戰利品而漫遊城市的步伐也必然是拾荒者在他的小路上不時停下、撿起偶遇的破爛的步伐。」是以發達資本主義時代的浪漫詩人波特萊爾，在城市閒蕩，才寫得出巴黎的憂鬱。

香港不是巴黎，柏麗購物大道不是香榭麗舍大道，然而，香港自有香港的憂鬱。憂鬱撒滿一地，如被丟棄的紙皮、鞋盒，等待詩人撿拾認領，小心輕放。是的，小心輕放，請再細力一點，別讓快門驚動拾荒的老婆婆，也別讓老婆婆驚動了你。

垃圾山，一群拾荒者

你說，菲律賓和柬埔寨，都有著名的垃圾山。我說，這「著名」二字，真是可圈可點。你說，人能生活在垃圾山中委實難以想像。我說，這難以想像，不就是構成你參觀垃圾山的原委嗎？難道這真是出於關心？難道這不帶一點獵奇眼光？

你屏息靜氣，忍受惡臭，因為一切於你，不過是片刻、暫時。四周瀰漫着垃圾的硝煙，你看到以腐食為生的黑色群鳥在垃圾湖中打轉，因而想到凶兆。你看到小孩子拿着鐵鉤，在垃圾堆中尋找寶物。你看到拾荒者用毛巾包裹着面孔，你看到他們就地在垃圾叢中進食、交談，甚至作樂。你看到他們的棚屋就築在垃圾山中，這樣的地方還須向政府繳納租金，竟然。

在你的城中，垃圾彷彿都會自動消失。你從不知道城中的堆填區在哪裏，這彷彿是存而不在的無人地帶。你聽說堆填島可以發展成旅遊點，但原來，自己也把垃圾山當景觀了。

你不僅用眼睛看，還拿相機拍。你開始聲討你自己，旁觀他人的痛苦。但綻放笑容的是他們，皺眉的是你。富國把有毒廢料輸出國外，你突然懺悔，上周非常輕率地，把一堆光碟丟棄了。

三文治人

三文治人，被看見的時候，同時消失。看見的是他身上的廣告，消失的是他自己。

所以兒子並不認得父親。我說的是黃春明的《兒子的大玩偶》。主角坤樹是一個可憐的男人，大熱天時，頂着廣告牌遊街，人們並不知道他的名字，就叫他「廣告的」。

時代進步，這「廣告的」活當並沒有消失。如果傳統「三文治人」（sandwich man）是身前身後掛着一塊廣告牌，現在的人肉招牌更是密封的。是 hotdog 不是 sandwich。可以給他們一個新名字，叫「熱狗人」。康莊的柏麗大道上出現「飲料樽」，壯闊的彌敦道上出現「大腳板」，SOGO 門前出現「吉列豚肉」，其實都是密封的「熱狗人」。太陽足以燒焦柏油路，「工作的枯燥與可笑，激人欲狂」。

街道是他的辦公室，身體是他的唯一本錢。密封有密封的好，不用被你看見，保住稀薄的尊嚴。思想家班雅明說：「真正的『受薪城市遊蕩者』（salaried flâneur）是三文治人。」我卻懷疑，熱狗人不過原地踏步，連遊蕩都說不上。

奇怪是路人神情的漠然，奇異廣告沒能引來注視。也許，視而不見是城市人的特性。也許，其實每一個人都是「廣告的」，只差戴着的是紙板，還是面具。

想想，熱狗人不獨在街頭，在繽紛歡樂的迪士尼，亦有很多。

特急!

曾灶財

塗鴉，本來就注定給塗抹的。甚至可以說，是塗抹成全了塗鴉。一邊塗寫，一邊抹掉，明知不可為而為，塗鴉才有了夸父逐日的色彩。才有所謂堅持、固執、抗爭。這才有點接近生命的本質，慼星軌跡，終必無痕。

塗鴉又總是童稚的，最原始的塗鴉，在家中的牆壁，明知畫了會被家人責罵，就是按捺不住。你視之為創造，成人視之為破壞；但與其說是對成人的挑戰，不如說孩童本就沒有禁忌的觀念。到有對抗意識時，塗鴉由家中走入城市，化成一種社會行為，對象早已不是家人，而是各種權威象徵。

塗鴉藝術與破壞行為，一線之差。塗鴉引發公共空間與藝術的討論，曾灶財不是第一人。但以墨水、毛筆為工具，族譜、領土、反殖為內容，並且引發極富哲學意義的討論 —— 瘋癲與藝術之何謂（是否也是一線之差？），他，世間罕有。

「當生命本身看似癲狂，誰知道哪裏出了錯？或許太過現實就是瘋狂。放棄夢想 —— 這可能是瘋狂。在垃圾堆中尋找寶藏。太過清醒可能是瘋狂。而最瘋狂的，是看見生命的實然，而不是生命的應然。」

唐吉訶德幻想自己是騎士。曾灶財幻想自己是皇帝。騎士沒有駿馬，皇帝沒有新衣。九龍皇帝卻一早「撈過界」，墨寶曾經遍佈港、九、新界。人去了，有牆的延伸，不止六呎腳下。

可惜，政府喜歡漂白，墨寶於街頭也漸漸絕跡。

八

一點質感

電車的墨綠

「只是追求那在電車身上逐漸罕見的青綠。」為了等那青綠，林夕在電車站候車良久。

原來顏色都有記憶。那身墨綠，本來就是電車的底色，資本主義盛行，給肉身披上彩衣。綠色，還未至絕跡，但今時今日，要看到一架沒給髹上廣告畫的電車，還得靠一點彩數。對香港電車情有獨鍾的日本畫家龍美童，曾經也有感而發。

墨綠色的電車曾接送着鬼魂，那是《胭脂扣》中的如花；到了《烈火青春》，攜載着湯鎮業和夏文汐那性愛激情的，已經是鷹牌花旗蔘。

我說的是電影。但我更希望進入現實，在電車的墨綠，還不至僅留守於影像記憶之前。

那身墨綠其實沒甚麼特別，很plain。但在花綠綠的世界中，稀罕的，不就是難得的清純淡泊？如此說來，那便不僅是懷舊，而是慶幸，尚有一絲空間，未被廣告滲入——截至目前。

電車的叮叮聲沒入城市的聒噪中。電車的墨綠色淡入城市的絢爛中。「只為眷念着本來的青綠」，林夕說。世界卻駁回了一個問號：「本來」，這東西還存在嗎？

29
大家樂
CAFE DE CORAL

木電車

電車公司計劃在未來四至五年更新大部分電車，車身會改用耐用的鋁合金，亦改變車廂座位。與時並進，過去百多年，電車外貌當然也不是沒有改變的，譬如早前雙層電車由布篷頂改為木頂、下車付費代替售票員拉繩鐘、取消單層的附設拖卡、上層籐木座椅由塑膠椅取代等；但總的來說，我們仍然覺得電車是都市中最富神韻的交通工具，記憶像路軌一樣長，電車悠悠在港島區行駛，置身於煩躁不安不斷加速的步伐之外，帶點與世無爭。

百年電車轉手，法國威立雅運輸集團曾表示接手後會保留電車的傳統外貌；是次車身改動計劃，有媒體報道也說：換上「新裝」的電車，車身外貌驟看沒甚麼不同。但如果外貌不只是外形還包括質料的話，由木身改成金屬之身，這變動豈可說是不大呢？且細看，柚木電車身上有鉚釘接合，合金電車車身則完全平滑無縫。

物料本身就是一把歷史的聲音。電車於一九〇四年通車，在馬路上，必曾與不少單輪至四輪、以人推拉用來載客或貨物的木車為伍；當時代把所有木頭車都淘汰了，獨剩下了電車，一架架「木頭」超然地在曲直鐵軌上流動，古老但不簡陋，絕對是我城的一大特色。以金屬代木，雖有說是環保大勢所趨，但傳統的柚木車架，全球碩果僅存，為何不可至少保留一些？木電車行將就木，未來將絕跡街頭，只能沒入拍賣場中作競投文物；由木之物語到木之輓歌，這個城市，又將失去一樣寶貴的東西。

7 Shek Tong Tsui
石塘咀
FARE
ADULT $2.00
CHILD $1.00
$1.00
上
IN
ONLY

菲林

數碼照片泛濫，有誰仍記得拍菲林照的日子？（千禧孩童可能壓根兒沒這經驗，一如他們一出生便接上了網絡。）首先當然是買菲林，一卷二十四張或三十六張，通常不出柯達或富士兩個選擇，多數用彩色菲林也玩過黑白照，ISO多少則視乎日拍還是夜拍。有時出門拍到興起遇着菲林沒了，便要補上新的，菲林也不一定話買就買到，尤其旅行的話會多帶幾筒。菲林要錢曬相也要錢，人自然會懂得克制一點，也珍惜一點。

沒有即時影像，畫面構圖透過照相機的觀景窗預視，將拍好的菲林交給曬相店，即時沖曬或隔天來取，其間時差，也帶來一點期待。沖出來的有照片和底片，好像一個雙重倒置世界，一如暗箱之於現實世界。菲林的英文叫「negative」，我喜歡這個名字，好像世界存在一個正本、一個負本，對沒有陰陽眼的人來說，未嘗不是一種補償。

小時候有單鏡反光機（不是傻瓜機）的同學，通常一班只有寥寥幾個，在學校旅行之類的活動，除了擔任攝影師，有的還肩負起幫同學沖曬照片的偉大任務，輪流傳遞任同學挑選，齊集沖曬再分發，沒了這些很「抵得諗」的人，小時候的學校記憶一定會少很多。

是的，翻曬菲林也得花上一點功夫。在白光管下看菲林（一般人沒菲林燈吧）逐張認辨，翻曬的時候在屬意的菲林格上打上紅圈或寫明翻曬數目，選擇大小如3R或4R（很偶爾才放大一張8R或12R）、光面還是珠面相片、有沒有白邊等，這樣的工

序，想不起最後一次做是甚麼時候了。沖曬成相片外，也有直接由負片轉幻燈片，這個我很少做，如今，幻燈片和放映它的幻燈機這些東西，也銷聲匿跡了。

菲林已死，伴隨它消亡的，還有觀景窗、沖曬店、拍照片時的慎重、等待照片時的心情，以及看照片時的驚喜。翻翻家中的照相簿，十之八九都是整理自菲林時代，有的日子有功變了色調，任時間沖洗，刻蝕着歲月的痕跡。到數碼以至手機拍攝泛濫時，一切唾手可得即時存錄，照片數目跟像素（pixel）一樣增生至雲端數字，無時差無正負也無所謂泛黃，飽滿至過剩，卻又落得如同流水賬的無。

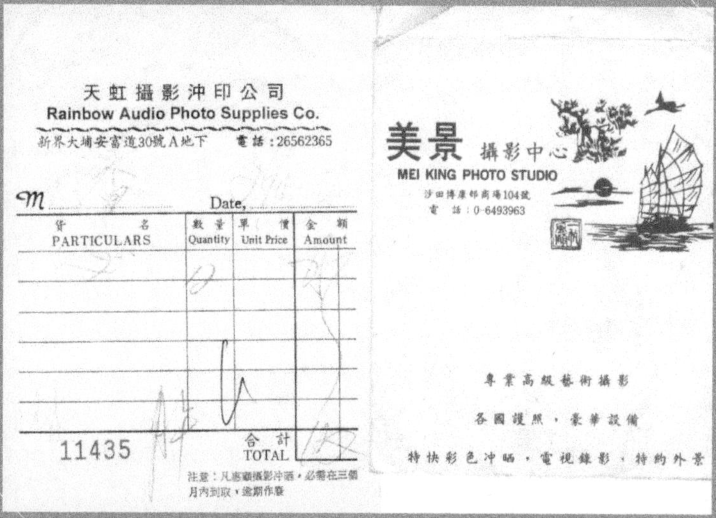

天虹攝影沖印公司

Rainbow Audio Photo Supplies Co.

新界大埔安富道30號A地下　電話：26562365

M　　Date,

貨名 PARTICULARS	數量 Quantity	單價 Unit Price	金額 Amount

11435　合計 TOTAL

注意：凡惠顧攝影沖晒，必需在三個月內到取，逾期作廢

美景攝影中心

MEI KING PHOTO STUDIO

沙田博康邨商場104號

電話：0-6493963

專業高級藝術攝影

各國護照，豪華設備

特快彩色沖晒，電視錄影，特約外景

街市燈

燈罩，是一盞燈的衣裳。最平民、最好看的燈衣，是街市燈。

那塑膠紅色燈罩，已成香港街市的標誌。這是民間智慧的展現。燈光透過紅色燈罩，把生果、生肉照得橙紅一片，分外令人覺得生鮮，雖說是燈光幻覺，但營構出一片氛圍，大家都浸染其中，樂於相信。

是以，城中美麗一景，我以為，是在日頭將沉未沉的時分，在露天街市（如交加街街市）中映照出的一片街市燈影。那是紅色燈罩大合奏的「魔術時刻」，在街市經過一天辛勤後，關燈前乍露的一片春光。

電影中，將街市燈這日常生活美學捕捉下來的，我想到陳木勝的《三岔口》，郭富城與吳彥祖走入街市對打的一幕，在街市燈的掩映之下，街市成了即興的動作舞台。街市燈走進光影中，未嘗不是光之重疊。

但香港政府好像不太喜歡露天街市，有特色的街市也買少見少了。每樣東西都有它的歸宿，紅色燈罩，本應是屬於傳統街市、老式辦館的，一旦走入大型超市，或者中央照明的現代街市，登時就失去法術了。

細心的人，當會發現，街市燈最近亦改頭換面了。外殼依舊，倒是心臟換了，原本黃澄澄的燈泡，紛紛換上白燦燦的慳電膽。節省能源，未嘗不是進步，只是某種散發着一片微黃溫熱的街市燈影，漸漸熄滅，終成泡影。

Jetco

HUNG YUEN STOR

鎢絲燈泡

電燈泡，曾經是尋常百姓的家電用品，今天，中產家庭都很少用了（有的，也只能退居廁所位置）。

說的是傳統的鎢絲電燈泡，它玻璃身特別纖薄，觸手滾燙，可以燒得着衣服我試過。以今天的尺度來看，不是安全的家電用品。另一壞處是耗電量大，俗語說「好食電」，不符合節省能源的環保原則。燈泡雖然便宜，然而小數怕長計，別忘了，收取我們電費的，叫「電燈」公司。

鎢絲燈泡，注定要被時代淘汰。

但鎢絲燈泡還是值得人紀念的。那柔和又刺眼的暖黃色調，有一種粗糙感，非一般白光燈可以媲美。時至今日，數碼相機的「白平衡」，還設有「鎢絲燈泡」模式。它令你想起媽媽到菜市場挑雞蛋，把雞蛋拿到燈泡下照明的昔日歲月；而你，則在中學實驗室中，聽着科學老師以鎢絲燈泡作例，解說着熱能與光能的轉換。愛說故事的老師也許還會告訴你，愛迪生當年做了一千多次實驗，才想出以鎢絲接駁電流兩極的原理。神說要有光便有光，愛迪生不是神，因此他要反覆實驗，以一千次失敗來換取一次也可能永遠不會來的成功。

而現在，雞蛋在超市是一盒盒包裝好的。中學的實驗台你只記得一個 bunsen burner，別無其他。「烏絲」？人家還以為你說的是「美源髮彩」——黑色秀髮呢。

上海
么鳳
有限公司
東海堂
ESPRIT
MUJI

民間的燈

燈，尋常但重要之物。有些燈，已從日常生活退入純文字空間，譬如說，年輕人如何理解，油盡燈枯？何謂「不是省油的燈」？

街市燈、鎢絲燈泡外，民間的燈，還有大光燈。沒有了大笪地，大光燈也無用武之地了。如今，要找它們的蹤影，你可以到廟街走走，甘肅街一帶的占卜星相攤檔，還會用大光燈來吸引途人。不錯，大光燈總是帶點江湖味道的，風塵僕僕。

另有一種特別的燈，由油麻地綿延至旺角一帶，不可不說。燈頭是一個箭嘴，燈身由幾支不同顏色的光管嵌成，招搖而又躲閃於暗街窄巷，混進民居之中，給來者指引去路，指向閣樓的慾望勾當。每逢雷霆掃黃，燈箭便要收斂光芒，近年，是愈發黯然失色了。

新春已至，元宵不遠了。可有想到去賞花燈、猜燈謎？只是，如今的花燈都是電動的，與時俱進，卻失去一點韻味。「東風夜放花千樹，更吹落，星如雨」，如斯元宵美景，只能在文字中想像了。

不少民間的燈，不知不覺間沒入傳說，譬如走馬燈、氣死風燈。也許，只有一種燈是不滅的，叫「長明燈」，這是人生最大的燈謎，猜不透的。

美式辦公室傢俱
CLARK

懷舊綵燈

二〇一一年，維園綵燈特別令人發思古之幽情。大型綵燈把已煙滅的荔園搭起來了，機動船、宋城牆匾、八爪魚、摩天輪、溜冰場，美輪美奐色彩繽紛，可到底是紙絹製造，不可碰觸。這也不妨礙人們拍照的興致，一張張笑臉，一點點緬懷，耳語中有人細數過去。那白箭牌香口膠攤檔圍滿了人，有人也真的把碎銀擲到階磚上，不忘告訴身旁小孩，那年頭可不是換 Angry Birds 或者 Hello Kitty 呀。如果還有碰碰車、咖啡杯、旋轉木馬就更美滿了。只是長頸鹿和大象天奴早歿了，或者真的去了鬼屋。大家還記得荔園在甚麼時候壽終正寢嗎？一九九七年三月三十一日，結業之前，一連四天公眾假期，天氣乍晴乍雨，遊人如鯽。都是九七前的歲月了。

這個城市真奇怪，一邊拆毀舊東西，一邊又在另個角落重構它們的模型。荔園之外，今年中秋綵燈還築起上海理髮店、舊式照相店、金行；上居下舖，店舖招牌上見綠邊窗框並置，其中一面，全給封上一條條啡色大交叉，毋庸多言，市區重建局收歸的物業是也，設計綵燈的人真夠心思。其他式微行業有街邊擦鞋、賣飛機欖，懷舊物如暖水壺、理髮店的紅白藍花柱、七十年代「衛生大隊長」垃圾蟲等等，都一一以綵燈紮出來。一時間，整個維園彷彿變身成一家「香港懷舊商店」。

中秋佳節，如是者，我過了懷舊一夜。我沒刻意懷舊，只是懷舊找上了頭。我也不刻意迴避，因為不知不覺間，也有點年紀。感謝將傳統綵燈手紮藝術傳承下去的師傅們。

霓虹燈

生活由analog轉digital，不僅有膽機電視轉平板電視、菲林相機轉數碼相機、FM電台轉數碼電台等，還有我們隨街看到的燈光。

因為能源效益，因為節省成本等原因，城市的霓虹招牌漸次由LED和燈箱招牌取代，城市晚間燈光的質感也悄悄發生了改變。愈開愈多的藥坊（沒牌照的藥房）是一個顯例。霓虹漸少，LED招牌亮得燦燦，只是也實在太刺眼了，散點像素（pixel）鬆朦，城市好像患了散光眼，只求奪目，不求美感了。

表面看來，LED燈跟霓虹燈都是五光十色，功能大同小異，但城市夜色的美感卻落差甚大。霓虹燈的顏色很飽和，最早期出現於巴黎的理髮廳、歌劇院至電影院等，霓虹光管屈出的字體富Art Deco味道，首先注重的是字體的線條美，如此工業技術與人工手藝用於中文字體，又能發揮傳統中文書法之美；這是方塊像素（尤其是粗微粒）無法做到的。霓虹燃燒，而LED只是發光體。

平常人對建築物、城市燈光等細節多不在意，但善於感受城市變化及美學的人，不會錯過捕捉其中的細微差異。一些曾經很有標誌性的霓虹招牌是徹底消失了，如彌敦道的裕華國貨、店跟招牌一併消失的雍雅山房等，某年某日不經意拿起相機拍下，未料後來都成了歷史圖片。

SUMMER SPECIAL
南洋商業銀行
裕華國貨
YUE HWA
CHINESE PRODUCTS
商務印書館

雍雅山房
YUCCA DE LAC
RESTAURANT

消失不在一朝一夕，目前於街頭所見，霓虹招牌數目仍是不少的，而且涵蓋行業甚廣，如藥房、當舖、遊戲機中心、貨幣兌換店、涼茶店、豉油西餐廳、官燕莊、金鹿線衫等等，不一而足，但都上了年紀。有的店同時出現霓虹和LED招牌，後者應是新加上的，一個空間同時上演時代的過渡。有些則完全以新代舊，如Sasa曾經亮麗綻放的粉紅霓虹招牌，已全面被新型燈箱招牌取締，若非看回照片，幾乎已無印象。有些霓虹失修，壞了一二筆畫或一兩個字（像三六九飯店變成「六九飯店」），夾在都市光影叢林中，又意外生出一點幽默感和頹敗氣息。

RESTAURANT
波士頓餐廳
中原地產 CENTALINE
PROPERTY AGENCY LTD.
中原地產

sasa
莎莎
米蘭站
Milan Station

色慾霓虹

西九M+收藏了的兩個霓虹大招牌，一是西營盤扒房森美餐廳的霓虹牛招牌，一是於觀塘裕民坊豎立了三十六年之久的「雞記蔴雀娛樂」霓虹招牌。這倒是香港霓虹的另一特色，香港的霓虹招牌甚麼行業都有，而其中，蔴雀館、酒吧、夜總會這些或有點「偏門」的行業，不能不提。霓虹予人繁榮璀璨之感，另一意象則是慾望招引，以霓虹幻化出一片「慾望之境」，現在城中的最佳地方，尚餘入夜後的灣仔駱克道一帶。那間 Pussy Cat 門前以霓虹光管扭成的裸女曲線很有點拉斯維加斯 Main Street 一帶仍保留的 classic feel，另一以大力水手作招牌圖案或者會把人拐回到水手登岸的蘇絲黃歲月。其燈光之美，又不是現在「滿城盡佈足印腳」的中國式LED閃爍招牌可以媲美。

霓虹的去留，美國一些城市亦早關切到，上世紀八十年代洛杉磯、費城已出現霓虹博物館，也有一些城市或團體提倡保育一個歷史街區的霓虹燈，或對其保養、替換作出不同的規定，不一而足。我不知香港未來的霓虹燈何去何從。博物館重要，但我們當然不想看到街頭的東西，盡都以博物館或堆填區為歸宿。霓虹燈是城市的視覺遺產，我們同樣不能想像灣仔駱克道酒吧區的霓虹燈有一天悉數給LED取代，但說把它列入「霓虹保育區」，又怕太規範化而失諸刻意。霓虹燈的熄滅，不僅是街頭景觀的一種消逝，背後聯繫的，還有其承載着的社會歷史、工業史、設計史、工匠美學等。說香港是「東方之珠」，這顆明珠少不了霓虹燈的燃燒；過去如是，現在如是，將來則未可知。

Pussy Cat
club
Dancing
Show
Nightly

皇都
芬蘭閣

麥當勞霓虹

家住鰂魚涌，電車沿英皇道上斜坡駛向太古的路上有一家頗富地標性的麥當勞，我以為它那招牌式紅黃色霓虹走燈招牌（上圖）是會一直存活下去的——直至一天，這家麥當勞被封上白色圍板進行維修，才隔幾天圍板拆開，那霓虹招牌便不見了，代之以新式的燈箱招牌，繼續營業，好像甚麼都沒有發生（下圖）。在過渡期間，霓虹招牌與燈箱招牌於全港麥當勞中曾經新舊並存，近日前者已買少見少，以至在城中要碰上一個，也得考一點彩數了。它隨着整體城市霓虹的退役，一同滑向消失黯淡的邊緣。這款麥當勞的霓虹走燈招牌，無處不在時談不上感情，至它漸次人間蒸發，又讓我這城市燈光景觀敏感者生起一點難捨的心情。

除了招牌，新式的麥當勞店，大抵你也察覺，基本上門面裝潢也大變身。以往是「紅肥黃瘦」（色調以紅色為主，襯之以黃），今天卻是「黃肥紅瘦」，以至紅色幾乎從門面中消失，黃色成了今天時尚麥當勞的主調。以往光顧麥當勞排隊是必有經驗，新式的麥當勞卻幾乎「無隊可排」，人手收銀員大量縮減，最新以自動購買機代替，然後等叫號碼。變化在於細節，由此麥當勞完成它從「速食店」二點零進化成「舒食店」的轉型。

2880 9660
McCafé
McDonald's

California
2880 9660
McDonald's

麥當勞微物

彭浩翔導演的《香港仔》，戲中常在飯桌上爭執的一家人，戲末短暫地歡聚於麥當勞；如果你看過，可有留意場景中麥當勞店裏裝飾的那棵「蘋果批樹」？這種麥當勞獨有的玻璃纖維樹，不知從甚麼時候起在城中銷聲匿跡，為拍那場戲，導演還要動用道具組特意重建。城市人的情感與物質有着微妙的關係，我們可能對大自然的花草樹木無感，卻會對一家連鎖速食店裏的一棵假樹留有印象及情感，以至成了跨世代的影像記憶。這也許可稱作資本主義後現代城市的另種「人工植樹」。

麥當勞好像天天一樣，但細心觀察，其微細質感在港開業四十年間，亦悄悄發生不少變化。「蘋果批樹」外，曾是麥當勞標誌——一頭爆炸紅髮，白臉紅唇，身穿紅紋黃衣——的麥當勞叔叔，也好像愈發少見了。曾幾何時，麥當勞叔叔雕像是麥當勞店的常見擺設，坐在門前的長椅，或站着向顧客揮手。說到「全球在地化」，原來連麥當勞叔叔也會因地而變，香港大概跟台灣差不多，在泰國，立在門前的麥當勞叔叔雕像，姿勢可是「雙手合十」，確乎入鄉隨俗。麥當勞換購公仔禮品，曾經少不了麥當勞叔叔，後來都換了更有市場的哈囉吉蒂或者史諾比以至憤怒鳥了。聽說即使在美國老家，麥當勞叔叔也逐漸少了，也許這個世道，小丑掛着大笑臉身穿條紋服，對孩子過於沉重了。現在說到「麥當勞叔叔」，也只剩一個慈善基金的名字而已。連鎖食店以人物頭像作嘜頭的，就只剩城中的肯德基先生了。

早年的麥當勞與城中地下鐵以標榜速度為上，地鐵八十年代廣告「話咁快就到」曾深入民心，麥當勞一度全城流行的排隊急口令也不遑多讓——「雙層牛肉巨無霸，醬汁洋蔥夾青瓜，芝士生菜加芝麻，人人食過笑哈哈」，你可曾唸過？一

分鐘內完成服務，是為一家企業向顧客的允諾，有誰真的會去算計？在講求品味（taste）的時代，麥當勞逐漸從時間轉向空間經營，這首急口令遂完成歷史任務，進入集體回憶之中。麥當勞是全球化企業，但在一地生根，慢慢也累積在地的文化，譬如麥當勞推出的「在地食物」（如雞扒飯晚餐）、排隊換公仔禮物、劉德華溫馨滿溢的「飛我伴你飛，家我為你起」等等。至於廿四小時營業，又很應合香港這個「不夜城」特色。

說到麥當勞的消失微物，當然少不了食物。有年輕朋友說，小時候喜歡吃的焦糖味雪糕新地，不知甚麼時候起也沒有了，只剩下士多啤梨味和朱古力味。我想起曾經在麥當勞愛點的奶昔，最喜歡的雲呢拿味也不知甚麼時候沒有了，傳統味道也只剩下士多啤梨味和朱古力味。還有兩元一個的雪糕新地筒，消失了一段時間，後來「復出」（當然漲價了一點），竟也在網上引起一些討論。

由是也想到麥當勞店裏的籐椅。《秋月》裏女孩阿慧帶日本流浪青年到「傳統餐廳」麥當勞，坐的就是舊式籐椅。灣仔近海旁曾有家遠離繁囂、環境恬靜的麥當勞，印象中放的就是那款籐椅。這家麥當勞，料已跟籐椅一同消失了。形象變身離不開物質性，麥當勞店中的座椅也換了不知多少代，籐椅之外，後來麥當勞的快餐店式塑膠座椅、金屬質料座椅，今天也只留存於光影之中（如《甜蜜蜜》、《墮落天使》等），作有意無意的見證和記錄。

如此，開到成行成市的麥當勞，也足可讓人，一「籐」一「樹」思華年。

城市幽默

街頭智慧的幽默總是屬於個體戶、小商戶，難以標準化和連鎖化。像一些小店的名字，就地取材在我家附近的，有「咁好食」快餐廳、肥佬糖水檔（小本經營，老闆是一個大肚腩男人；可惜後來被迫遷結業了）。像攤販的即場示範展銷：「埋嚟睇，埋嚟揀」是其招牌開場白，耳邊掛着一個掛咪，一邊示範神奇商品一邊鮮活地旁述，與圍觀的市民即時互動，很像昔日的江湖郎中，棲身於小攤檔，有時也移師工展會或年宵市場，高級或連鎖店售貨員學不來。

在街上行逛，有時會與城市幽默不期而遇，讓皺着的眉頭一時鬆開。我最覺幽默的店舖之一，是家附近一個路邊水果攤檔，帆布帳篷上紅底白字寫着「地球人都知道．浩仔鮮果最平」，每次經過都叫我會心微笑。但最近一次路經，赫然發現，白字擦了，只剩下「浩仔鮮果」四字，想是為配合政府新實施的「商品說明條例」所致。廣告不能作虛假陳述，無傷大雅的街頭幽默不見了。

地球人都知道·浩仔鮮果最平

肥佬糖水檔
將於12月1日遷往
海澤街亘樂(菖蒲亭
後面)繼續營業
如有查詢 請電
63070866 或 95602913
往前行燈位轉左

品牌中譯

回到過去，小時候常見的牌子，不少中譯名字，如「高露潔」、「鱷魚恤」、「勞力士」、「鐵達時」等，都堪稱形神俱在，音意並存。那年頭，大抵平民社會還未完全「國際化」，一個精妙的中譯，對品牌的推廣起很大作用。已故鬼才黃霑將 Revlon 妙譯為「露華濃」（典出李白詩句：「春風拂檻露華濃」），一度蔚為佳話。此外，Pizza Hut 譯作「必勝客」、McDonald's 譯作「麥當勞」、Lane Crawford 譯作「連卡佛」，以至 Marks & Spencer 譯作「馬莎」等，都恰如其分，各有味道。

時移世易，當香港銳意或真的變身為「國際城市」，又漸漸與以上一度深入民心的地道名字割裂。如今，在 Rolex、Titus、Crocs 的廣告和店面上，都找不到一度大行其道的中譯名字，貴價錶畢竟不是給「勞力士」戴的。Revlon 甩掉了「露華濃」，其典故今天八九十後也不大知悉。「馬莎」現在也不用了，Marks & Spencer 最新用到 M&S，這種字母縮寫看來更予人年輕感覺（如三聯書店一些新店就取名JP）。尋常如高露潔牙膏，如今包裝也只會用 Colgate。這種外國品牌的「去中文化」，如果留心生活，你我都應有所經歷的。

但時間之外還有空間。一些香港已「棄用」的品牌中譯，進入內地卻遍地開花，無心插柳成了「一國兩制」文化特色。如 Pizza Hut，今天你在香港再找不到一間叫「必勝客」的，但內地則有許多。香港的 McDonald's 也一律不掛中文名字。又如 Kentucky，以前在香港叫「肯德基」，後來也通通不用了，改叫 KFC，

「肯德基」這名字卻「北上」了。不僅「來路貨」，「本地薑」也有例子，不知從何時起，香港的 Giordano 也少用「佐丹奴」，這三字在內地則不難找到。但上述情況也不盡然，偶爾也見「中文名字之復歸」。如近日走到廣東道，赫然發現 Lane Crawford 又掛起了「連卡佛」三個大字，大抵是為自由行旅客着想，這未嘗不是另一種回歸。

給所有曇花一現的美，
包括你。

二版

消失物誌

潘國靈 著・攝影

責任編輯 張佩兒 葉秋弦
裝幀設計 戴靖敏 霍明志 簡雋盈
排　版 陳先英
印　務 劉漢舉

出版
中華書局（香港）有限公司
香港北角英皇道四九九號北角工業大廈一樓B
電話：（852）2137 2338 傳真：（852）2713 8202
電子郵件：info@chunghwabook.com.hk
網址：http://www.chunghwabook.com.hk

發行
香港聯合書刊物流有限公司
香港新界荃灣德士古道二二〇至二四八號
荃灣工業中心十六樓
電話：（852）2150 2100　傳真：（852）2407 3062
電子郵件：info@suplogistics.com.hk

版次
二〇一七年七月初版
二〇二四年九月二版第二次印刷

規格
十六開（210mm×150mm）

ISBN
978-988-8488-18-6